崔丽娟
夏　舫
雷茵茹
王金枝 / 等著

寻觅《诗经》中的湿地植物

化学工业出版社
·北京·

图书在版编目(CIP)数据

寻觅《诗经》中的湿地植物 / 崔丽娟等著. —北京：化学工业出版社，2024.7
ISBN 978-7-122-45608-3

Ⅰ.①寻… Ⅱ.①崔… Ⅲ.①《诗经》-通俗读物 ②沼泽化地-植物-中国-普及读物 Ⅳ.①I207.222-49 ②Q948.52-49

中国国家版本馆CIP数据核字（2024）第092085号

责任编辑：赵玉清
文字编辑：周　倜
责任校对：边　涛
书籍设计：尹琳琳

出版发行：化学工业出版社
　　　　　（北京市东城区青年湖南街13号　邮政编码100011）
印　　装：北京宝隆世纪印刷有限公司
710mm×1000mm　1/16　印张18$\frac{1}{4}$　字数237千字
2024年11月北京第1版第1次印刷

购书咨询：010-64518888
售后服务：010-64518899
网　　址：http://www.cip.com.cn
凡购买本书，如有缺损质量问题，本社销售中心负责调换。

定　　价：86.00元　　　　版权所有　违者必究

编写人员

崔丽娟　夏　舫　雷茵茹　王金枝　张曼胤
王博宇　闫亮亮　周宇琦　徐晓梅　赵志江

供图人员（按贡献排序）

夏　舫　王金枝　崔丽娟　林秦文　张曼胤
雷茵茹　肖　翠　宁　宇　赵欣胜　李　伟
周文昌　李　勇　陈又生　何春梅　华国军
孔繁明　李策宏　刘　冰　刘　夙　卢金国
庞宏东　田　琴　童毅华　王　栋　薛　凯
徐永福　徐亚幸　杨　智　喻勋林　曾云保
张思宇　张　玲　周　繇　朱鑫鑫　朱仁斌
狄墨然

前言

兴于草木之名　情系人与自然

《诗经》是中国第一部诗歌总集，对西周初至春秋中期社会生活的方方面面进行了细致而传神的描绘。透过《诗经》可以窥见当时人们的劳动与爱情、战争与徭役、压迫与反抗、风俗与婚姻、祭祀与宴会，也可以考证天文、地理、动物、植物等相关知识。

植物是《诗经》中最典型的歌咏对象，被赋予了悲欢离合、喜怒哀乐等感情色彩，与社会、人生、情感紧密相连。孔子认为"《诗》，可以兴，可以观，可以群，可以怨。迩之事父，远之事君；多识于鸟兽草木之名"。认识《诗经》中的草木，不仅能感知大自然的神奇和广博，而且能从自然中获得感悟，建立人与自然之间情感沟通的桥梁。

《诗经》中的植物有一个特殊的类群——水生、湿生环境下的湿地植物。人类自古逐水而居，生长于河流之滨、湖泊之畔的多姿多彩的湿地植物既是人们美味的菜蔬，又是祭祀的贡品、定情的信物。本书选取了《诗经》中61种湿地植物，解读关于植物的诗句，描绘植物的生理特征，介绍植物的生态习性，梳理植物的多样功能，在文化中辨识植物，在植物中传承文化。

本书节选的《诗经》诗句和注释主要引自清代学者方玉润撰写的《诗经原始》，其论述了先秦至清初各家论诗的得失，兼采众长。对《诗经》中植物的描述，广泛参考了《说文解字》《毛诗草木鸟兽虫鱼疏》《毛诗正义》《尔雅义疏》等典籍。植物药理知识主要参照明代李时珍编纂的《本草纲目》，这本经过近30年的努力才完成的巨著，是一部具有极高学术价值的医学典籍。

愿你在书中寻觅草木之灵，感受草木之情！

著者
于中国林业科学研究院
2024年6月

第二章 水泽畔

- 芦苇　禾本科 芦苇属 ... 50
- 荻　禾本科 芒属 ... 56
- 红蓼　蓼科 蓼属 ... 60
- 水蓼　蓼科 蓼属 ... 66
- 荩草　禾本科 荩草属 ... 70
- 蓼蓝　蓼科 蓼属 ... 74
- 酸模　蓼科 酸模属 ... 78
- 泽泻　泽泻科 泽泻属 ... 82
- 水葱　莎草科 水葱属 ... 86
- 水芹　伞形科 水芹属 ... 90
- 石龙芮　毛茛科 毛茛属 ... 94

目录

第一章 清波里

- 荇菜　睡菜科 荇菜属　2
- 莲　莲科 莲属　8
- 香蒲　香蒲科 香蒲属　14
- 莼菜　莼菜科 莼菜属　18
- 田字草　苹科 苹属　24
- 水鳖　水鳖科 水鳖属　28
- 杉叶藻　车前科 杉叶藻属　32
- 金鱼藻　金鱼藻科 金鱼藻属　36
- 狐尾藻　小二仙草科 狐尾藻属　40
- 眼子菜　眼子菜科 眼子菜属　44

- 野豌豆　豆科 野豌豆属 ……… 138
- 白茅　禾本科 白茅属 ……… 144
- 飞蓬　菊科 飞蓬属 ……… 148
- 萹蓄　蓼科 萹蓄属 ……… 152
- 艾　菊科 蒿属 ……… 156
- 木槿　锦葵科 木槿属 ……… 160
- 茜草　茜草科 茜草属 ……… 164
- 白头婆　菊科 泽兰属 ……… 170
- 芍药　毛茛科 芍药属 ……… 174
- 稷　禾本科 黍属 ……… 180
- 狼尾草　禾本科 狼尾草属 ……… 184
- 狗尾草　禾本科 狗尾草属 ……… 188
- 粟　禾本科 狗尾草属 ……… 194

第三章 郊野上

- 薹草　莎草科 薹草属　98
- 蒌蒿　菊科 蒿属　102
- 绶草　兰科 绶草属　106
- 羊蹄　蓼科 酸模属　110
- 蕨　蕨科 蕨属　114
- 垂柳　杨柳科 柳属　118
- 白桦　桦木科 桦木属　124
- 车前　车前科 车前属　130
- 益母草　唇形科 益母草属　134

- 柽柳　柽柳科　柽柳属　254
- 旱柳　杨柳科　柳属　258
- 青杨　杨柳科　杨属　262
- 枸杞　茄科　枸杞属　266
- 松萝　松萝科　松萝属　270

植物中文名索引　274

植物名录　276

- 乌蔹莓　葡萄科 乌蔹莓属 … 198
- 锦葵　锦葵科 锦葵属 … 202
- 苘麻　锦葵科 苘麻属 … 206
- 芒　禾本科 芒属 … 210
- 紫云英　豆科 黄芪属 … 214
- 冬葵　锦葵科 锦葵属 … 218
- 青蒿　菊科 蒿属 … 222
- 藜　藜科 藜属 … 226
- 播娘蒿　十字花科 播娘蒿属 … 230
- 牡蒿　菊科 蒿属 … 234
- 野大豆　豆科 大豆属 … 238
- 凌霄　紫葳科 凌霄属 … 242
- 榆树　榆科 榆属 … 248

清波碧草,水鸟低飞,几叶轻舟在水面划过,荡起圈圈涟漪。清澈见底的湖水中,形态各异的水草随波摇曳,鱼儿嬉戏其间。

荇菜

睡菜科 荇菜属
(*Nymphoides peltata*)

荇菜

关关雎(jū)鸠(jiū)，
在河之洲。
窈(yǎo)窕(tiǎo)淑女，
君子好逑(qiú)。
参差荇菜，
左右流之。
窈窕淑女，
寤(wù)寐(mèi)求之。

——《周南·关雎》节选

雌雄鸠鹉相对而鸣，栖息在河中的沙洲上。文静贤淑的女子，是谦谦君子的理想配偶。水中的荇菜长短不一，我在船上顺着水流左右择取。文静贤淑的女子，我日日夜夜都想追求她。

荇菜，又作莕菜。这首诗借采集荇菜，寄托了对理想中恋人深深的爱慕。《尔雅·释草》："莕，接余，其叶苻。"郭璞在《尔雅注》中标注到："丛生水中，叶圆，在茎端，长短随水深浅，江东菹食之，亦呼为莕，音杏。"浮叶植物荇菜有着似水柔情的生长状态，也和荷花、菱角等水生植物一样具有纯洁明净的寓意，以荇菜作为爱情的表征，显得情真意切。《诗经》中描写了许多动人的爱情故事，《关雎》作为诗经的首篇更是其中的佼佼者，清代的方玉润曾标榜其"取冠三百，真绝唱也"。

第一章 寻觅《诗经》中的湿地植物

清波里

形态特征

生活型：多年生水生草本。

根：具不定根，于水底泥中生地下茎，匍匐状。

茎：茎圆柱形，多分枝，沉水中。

花：花常多数，簇生节上，5数；花萼分裂近基部，裂片椭圆形或椭圆状披针形；花冠金黄色，冠筒短，喉部具5束长柔毛，裂片宽倒卵形。

叶：叶漂浮，圆形，近革质，长1.5～7厘米，基部心形，在茎基部互生，茎上端对生；叶柄5～10厘米，基部变宽，抱茎。

果：蒴果无柄，椭圆形；种子大，褐色，椭圆形。

生长习性

荇菜为水生植物，喜阳，具有很强的繁殖力和再生力，既能在果实成熟后借助水流传播种子进行繁殖，又能用根茎和匍匐枝繁殖。一般返青期为3～5月，花果期为5～10月。

生长环境

荇菜生于池沼、湖泊、沟渠、稻田、河流或河口的平稳水域，喜欢静水环境，在水深为30～300厘米的水体中均有生长。

用途

药用 清热解毒，利尿消肿。

食用 茎和叶柔软滑嫩，是上佳的野菜。

饲用 生长快、产量高、茎叶柔嫩多汁，是优质的青贮饲料，可以用来喂猪、鸭、鹅或草鱼。

景观 叶片形似睡莲，小巧别致；黄花艳丽而繁盛，且花期较长，是庭院点缀水景的佳品。

生态 荇菜对于水质的要求比较高，可以作为水环境的指示物种；通过根系吸收和分泌物的吸附作用可以有效清除水体中的镉、锌等重金属。

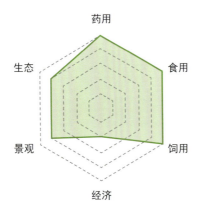

艺 国画中的荇菜

缪辅（公元15世纪，生卒年不详），明代宫廷画家。所绘《鱼藻图》现藏于北京故宫博物院，描绘了群鱼追逐戏水的场景，其中藻荇漂浮，慈姑丛生，群鱼活泼自如地游嬉其间，一派生机盎然。

食 荇菜有多少种吃法

荇菜不仅可以吃，还有很多种吃法。一是做凉菜，三国时期的博物学家、苏州人陆玑曾写道："鬻（yù）其白茎，以苦酒浸之。"将荇菜的茎焯一下水，用醋浸泡，味道非常鲜嫩。二是做煮菜，《救荒本草》里描述道："采嫩茎煠熟，油盐调食。"采集荇菜的嫩茎，放在沸水中煮熟，再调入少量油盐，是一种清淡的吃法。三是还可以做调味品，明代佛教宗师楚石梵琦，在游览梁山泊的时候记录了当地食用荇菜的方法："旧闻荇菜可为齑（jī）。"将荇菜捣碎后制作成辅佐佳肴的调味品。

莲

莲科 莲属
(*Nelumbo nucifera*)

荷

彼泽之陂(bēi)，有蒲与荷。
有美一人，伤如之何？
寤(wù)寐(mèi)无为，涕泗滂沱。

彼泽之陂，有蒲与蕳(jiān)。
有美一人，硕大且卷。
寤寐无为，中心悁(yuān)悁。

彼泽之陂，有蒲菡(hàn)萏(dàn)。
有美一人，硕大且俨(yǎo)。
寤寐无为，辗转伏枕。

——《陈风·泽陂》节选

池塘周围有堤坝，塘中有蒲草与荷花。那边有一个俊俏的人儿，相思不已怎么办？日夜相思睡不着，眼泪鼻涕纷纷落下。

池塘周围有堤坝，塘中有蒲草与荷花。那边有一个俊俏的人儿，身材修长容貌好。日夜相思睡不着，心里忧郁愁难熬。

池塘周围有堤坝，塘中有蒲草与荷花。那边有一个俊俏的人儿，身材高大风度好。日夜相思睡不着，翻来覆去空烦恼。

俗称荷花、莲花，学名为莲。《郑笺》有云"蒲"喻男，而"荷"喻女。池塘里蒲荷双生，相互映发的景象，蕴含着愿与心上人连理成枝、比翼双飞的期许。这句诗中香蒲的名称未变，莲却变了三次名称，一次用"荷"，一次用"蕳"，一次用"菡萏"，其实分别指代荷叶、莲蓬和荷花。《说文解字》《尔雅》等古代典籍中对不同时期的莲以及植株的不同部分都有特殊称谓。莲花未开的时候叫作"菡萏"，盛开以后叫做"夫荣、芙蕖"，茎称为"茄"，叶片称为"蕸"，果实叫作"莲（莲子、莲实）"，果皮内的种子称为"的"，莲子中心绿色的胚和胚根叫做"薏"，膨大的地下茎叫作"藕"，不膨大而细长的地下茎称为"蔤"。多样的称谓也体现出莲丰富的文化韵味。

形态特征

生活型：多年生水生草本。

株：高多为1~2米。

根：根茎肥厚，横走地下，外皮黄白色，节部生鳞叶及不定根，节间膨大，纺锤形，内有蜂巢状孔道，俗称"藕"。

花：花大，直径10~25厘米，粉红色或白色，芳香；萼片4~5，早落；花瓣多数，椭圆形，先端尖；雄蕊多数，花丝细长，花药线形，黄色，药隔先端具棒状附属物。

叶：盾状圆形，径25~90厘米，波状全缘，挺出水面；叶柄长1~2米，中空，常具刺。

果：花托在果期膨大，俗称"莲蓬"；坚果椭圆形或卵形，黑褐色，长1.5~2.5厘米；种子椭圆形，种皮红棕色。

生长习性

莲为挺水植物，整个生长期内都离不开水，喜温、喜光，极不耐阴，喜静水不喜流水，一般花期为6~8月，果期为8~10月。

生长环境

莲广布于全国各地,是被子植物中起源最早的植物之一,古植物学家在化石研究中发现,一亿三千五百万年以前,在北半球的许多水域都有莲科植物的分布。它在地球上生长的时间比人类祖先的出现(200多万年前)还早得多。古老的莲和水杉、银杏、中国鹅掌楸、北美红杉等同属未被冰期的冰川吞噬而幸存的孑遗植物代表。最近几十年,全国荷花育种工作取得辉煌成就,新品种增至500多个,出现了诸多新的株形、花形和花色。

用途

药用 荷叶、叶梗、莲房、雄蕊、莲子均能入药。

食用 根状茎（藕）作蔬菜或提制淀粉（藕粉），种子供食用。莲藕含有丰富的淀粉、蛋白质、维生素，此外还富含膳食纤维等。

经济 叶茎秆纤维，是制作衣服的理想面料。

景观 莲的花期长、花型丰富，是典型的园林造景植物。

生态 植株高、生物量大，可吸收水中的氮磷营养物质。

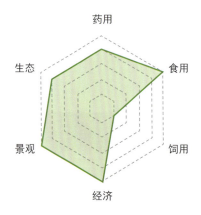

艺

吴应贞（生卒年不详），清代女画家，字含五，江苏吴江人。此幅《荷花图》现存故宫博物院，表现的是夏日池塘风和日丽的景色。图中所绘荷花绰然俏丽，线条工细而不呆板，敷色艳丽而不浓腻，工致的晕染表现出花、叶含水带露的鲜活与生动，清逸秀爽之气荡于笔墨间。

香蒲

香蒲科 香蒲属
(*Typha orientalis*)

形态特征

生活型：多年生水生或沼生草本。

株：高1.3~2米。

茎：根状茎乳黄色，顶端白色，长而横走。

叶：叶线形，长45~95厘米，宽0.5~1.5厘米，光滑无毛，上部扁平，下部背面渐隆起；叶鞘抱茎。

花：肉穗花序，顶生，雌雄花序紧密连接；雄花序在上，长10~20厘米；雌花序在下，长5~10厘米；雄花常具雄蕊3，花粉黄色；雌花无小苞片。

果：坚果小，椭圆形至长椭圆形；果皮具长形褐色斑点；种子褐色，微弯。

生长习性

香蒲喜温暖、阳光充足的生长环境，最适水深20~60厘米，亦耐70~80厘米的深水。一般花果期为5~8月。

生长环境

香蒲主要分布在温带和热带地区，是一种常见的植物，生长于湖泊、池塘、沟渠、沼泽湿地等。中国大约有10种香蒲，南北方均有分布，《诗经》中的"蒲"应为泛指。

用途

药用 花粉在中药上称蒲黄,具有凉血活血、去热燥、利小便之效。

食用 嫩芽、嫩根可做蔬菜,《诗经·大雅·韩奕》中描述"其蔌维何,维笋及蒲",意思是"有什么新鲜好吃的菜品?当属笋和蒲"。

经济 叶富含纤维,十分坚韧,可用于制作草席、坐垫,也可作为造纸材料。雌花序上的蒲绒,是优质的填充物,可以作为枕絮。

景观 叶形和花序独特,常用于构筑水景。

生态 根系发达,有净化水质、防控水土流失的作用。

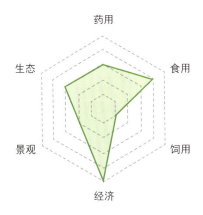

莼菜

莼菜科 莼菜属
(*Brasenia schreberi*)

茆（máo）

思乐泮（pán）水，
薄采其茆（máo）。
鲁侯戾止，
在泮饮酒。

——《鲁颂·泮水》节选

兴高采烈地赶赴泮宫水滨，采集莼菜以备大典之用。我们伟大的主公鲁侯即将驾到，在宏伟的泮宫里饮酒相庆。

本诗歌颂了鲁僖公平定淮夷的功德，以重叠复沓的表达手法，描写了鲁僖公率众来到泮宫，威武雄壮的仪仗阵容，和蔼可亲的神态表情，人才济济的部下和装备精良的部队。诗中"采茆"是为祭祀作准备。《正义》引《诗义疏》："茆与荇菜相似，叶大如手，赤圆，有肥者，著手中滑不得停。茎大如匕柄。叶可以生食，又可鬻（yù），滑美。江南人谓之莼菜，或谓之水葵，诸陂泽水中皆有。"《本草纲目》中还将荇菜和莼菜进行了对比：其叶似马蹄而圆者，莼也。叶似莼而微尖长者，荇也。莼菜的嫩叶、叶柄和嫩茎均可食用，味道鲜美嫩滑，常常在饮酒、欢乐、庆功和祭典中使用。

荇菜

莼菜

形态特征

生活型：多年生水生草本。

茎：根茎小，无毛，基部有匍匐根状茎横卧于水体底泥中。

花：花小，单生在花梗顶端，直径1~2厘米，暗紫色；花梗长6~10厘米；萼片及花瓣条形，长1~1.5厘米，先端圆钝。

叶：叶椭圆状漂浮于水面，长3.5~6厘米，宽5~10厘米，盾状着生于叶柄，全缘，两面无毛；叶柄长25~40厘米，有柔毛，叶柄和花梗有黏液。

果：坚果革质，不裂，有宿存花柱，具1~2颗卵形种子。

生长习性

莼菜属水生浮叶植物，曾因其有性繁殖能力弱，对土壤及水环境要求高，加之原生种群较少，于1999年列入国家一级重点保护野生植物，2021年被调整为国家二级保护野生植物。莼菜通过地下茎越冬，一般花期为6月，果期为10~11月。

生长环境 莼菜主要分布于长江中下游地区的江浙一带，在云南腾冲的北海湿地有天然分布，常生在池塘、河湖或沼泽中。

用途
药用 具有清热、利水、消肿、解毒的功效。
食用 味道清香，可用来制作西湖莼菜羹、莼菜黄鱼羹等杭州名菜。

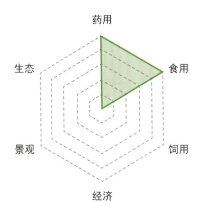

技 科技小贴士

莼菜叶片的光合作用及其组织结构对水位变化较为敏感。低水位时莼菜叶片气孔最大，此时莼菜具有最大的净光合速率和光能利用率；深水位时莼菜叶片气孔最小但具有较高的气孔密度，其光合作用较弱。因此，湿地恢复过程中合理进行生态水位调控，对莼菜原生种群保护和繁育具有重要意义。

食 莼鲈之思的典故

莼鲈之思是我们常常用来表达思乡之情的一个成语，其典故出自《晋书·张翰传》。西晋末年，吴郡名士张翰洛阳做官，深受掌权的齐王司马冏器重。但时值骄奢专横，天下纷争，致使张翰萌生辞官归隐之心。有一年秋风起时，张翰思念起江苏苏州老家的菰（gū）菜（茭白）、莼羹、鲈鱼脍，说出了那句流传千古的名句："人生贵得适志，何能羁宦数千里以要名爵乎！"然后辞官回乡。从此，"莼鲈之思"就将舌尖的美味和文人浓浓的乡愁串联起来了。

田字草

苹科 苹属
(*Marsilea quadrifolia*)

蘋

于以采蘋(pín)？
南涧之滨；
于以采藻？
于彼行潦(lǎo)。

——《召南·采蘋》节选

哪儿可以去采蘋？就在南边的涧水之滨。哪儿可以去采藻？就在积水那浅沼处。

诗句采用了"一问一答"的表述方式，节奏明快地记述了少女出嫁前准备祭品和祭祀的场景。从南涧水滨采集"蘋"描述到祭品的安放位置，反映了当时细致、庄重、虔诚的祭祀礼仪。

诗中，"于以采蘋"的"蘋"，自古以来便有许多不同的注解，比较一致的解释是指田字草、田字苹、四叶苹等。不过，李时珍在《本草纲目》中另有一种描述："苹，乃四叶菜也。叶浮水面，根连水底。其茎细于莼、荇。其叶大如指顶，面青背紫，有细纹，颇似马蹄决明之叶，四叶合成，中折十字。夏秋开小白花，故称白苹。"但是这个描述让人不解，作为蕨类植物门的田字草，不开花，也不结果，冬天会在叶柄基部长出黑褐色的孢子囊果，里面有许多孢子囊，它就是利用这些孢子来繁殖。

关于"蘋"究竟是哪一种植物，还有另外一种解释。唐代陈藏器《本草拾遗》中记载："蘋叶圆，阔寸许，叶下有一点如水沫，一名芣菜。"据其形态描述，蘋指的是水鳖科、水鳖属浮水草本植物水鳖。它的叶片漂浮于水面，背面具有蜂窝状贮气组织，就是陈藏器所说的"叶下有一点如水沫"。花白色，伸出水面，因此古人又称其为"白蘋"。

形态特征

生活型：多年生挺水蕨类植物。

株：植株高5~20厘米。

茎：根状茎细长横走，分枝顶端被淡棕色毛，节疏离，向上生出1至数叶。

叶：叶柄长5~20厘米；小叶4，倒三角形，草质，无毛；叶脉扇形分叉，网状，网眼窄长，无内藏小脉；叶柄基部具短柄。

孢子囊：孢子果双生或单生于短柄上，柄着生于叶柄基部，长椭圆形，幼时被毛，褐色，木质，坚硬；每个孢子果内含多个孢子囊，大小孢子囊同生于孢子囊托上。

生长习性

田字草喜光，喜水湿，具有很强的繁殖力和再生力，可通过根、茎和孢子繁殖。5~9月抽枝展叶，9~10月产生孢子囊，11~12月孢子成熟。

生长环境

田字草广布于中国长江以南各省区，北达华北和辽宁，西到新疆。常生长于池塘、水田、沟边，是稻田常见杂草。

用途

药用　清热解毒，利尿消肿。
食用　嫩叶嫩茎，可以凉拌、炒菜或做汤。
饲用　可作为猪和鸡鸭等家禽的饲料。
景观　叶片小巧可爱，可作为池塘等小水景的布置或盆栽居家观赏。
生态　对铅、汞、镉、铬、钒等重金属具有一定的富集能力。

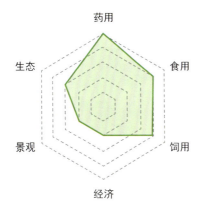

水鳖

水鳖科 水鳖属
(*Hydrocharis dubia*)

形态特征

生活型： 浮水草本。

根： 须根长达30厘米。

茎： 匍匐茎顶端生芽。

叶： 叶簇生，多漂浮，有时伸出水面；叶心形或圆形，长4.5～5厘米，先端圆，基部心形，全缘，远轴面有蜂窝状贮气组织。

花： 雄花序腋生；花序梗长0.5～3.5厘米；佛焰苞2，膜质透明，具红紫色条纹，苞内具雄花5～6；花梗长5～6.5厘米；萼片3，离生，长椭圆形，长约6毫米；花瓣3，黄色，与萼片互生，近圆形，长约1.3厘米。雌佛焰苞小，苞内雌花1朵，花梗长4～8厘米；花径约3厘米；萼片3；花瓣3，白色，基部黄色，宽倒卵形或圆形，长约1.5厘米。

果： 球形或倒卵圆形，长0.8～1厘米；种子多数为椭圆形。

| **生长习性** | 水鳖水生,喜温暖环境,一般花期为8~10月。 |

| **生长环境** | 水鳖广泛分布在我国东北、河北、陕西、山东、江苏、安徽、浙江、江西、福建、台湾、河南、湖北、湖南、广东、海南、广西、四川、云南等省区。常见于静水池沼中。 |

用途

药用　全草入药,有清热利湿的功效。
食用　水鳖是一种美味的野菜。《野菜赞》曾描述:"……苶菜,沸汤过,去苦涩,须姜醋,宜作干菜,根甚肥美。"
景观　常作为景观植物,应用在家庭水族观赏布景和湿地公园水景设计中。
生态　有较强的水质净化能力,是环境工程中经常选用的漂浮植物。

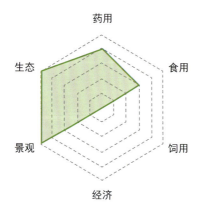

技 科技小贴士

在湿地生态恢复工程中,为了更好地利用空间生态位,增加植物群落的物种多样性,提高水质净化效率,通常将不同生活型水生植物(如浮水植物+沉水植物)组合配置进行种植。有研究发现当浮水植物水鳖与无根沉水植物金鱼藻共存竞争光照和水中营养物质时,水鳖并没有对金鱼藻的生长形成抑制,反而通过增加金鱼藻分枝和茎长而促进金鱼藻生物量累积,体现出植物互相促进的关系。

杉叶藻

车前科 杉叶藻属
(*Hippuris vulgaris*)

藻

于以采蘋(pín)？
南涧之滨；
于以采藻？
于彼行潦。

——《召南·采蘋》节选

译文

哪儿可以去采蘋？就在南边的涧水之滨。哪儿可以去采藻？就在积水那浅沼处。

解读

"于以采藻"的藻常常被解释为杉叶藻，但其实诗经中有很多关于藻类的描述，大部分是水草或沉水植物的泛称，也不是现代分类学意义上的藻类。

陆玑在《毛诗草木鸟兽虫鱼疏》注释有两种藻：一种叶如鸡苏，茎如箸，长四、五尺；一种茎大如钗股，叶如蓬蒿，谓之聚藻。依据形态前者可能是眼子菜，后者可能是金鱼藻或者狐尾藻。藻在古代是一种食用植物，劳动人们常常在水塘中捞取藻叶及其嫩根，用来煮菜做羹。藻也是古代祭祀常用的植物，古人认为藻类生长于水中，保持自身洁净，象征着柔顺、廉洁。《左传》说："苹蘩蕰藻之菜，可荐于鬼神，可馐于王公。"周代女子祭祀时，常将藻类作为祭品，以示女德。按《礼记·昏义》记载，女子"教成祭之，牲用鱼，芼之以苹藻，所以成妇顺也"。

形态特征

生活型：多年生挺水或沉水草本。

株：高0.1~1.5米，全株无毛。

根：根状茎节上生多数纤细棕色须根，生于泥中。

茎：茎直立，常带紫红色，上部不分枝，挺出水面，下部合轴分枝，有白色或棕色肉质匍匐根状茎。

花：花小，紫色，单生叶腋，无柄，常为两性，稀单性，雄蕊生于子房上略偏一侧，约1.5毫米，子房约1毫米。

叶：线形叶6~12，轮生，无柄，长1~2.5厘米，宽1~2毫米，全缘，具1脉。

果：核果窄长圆形，长约1.5毫米，光滑。

生长习性

杉叶藻喜湿、抗寒，再生能力较强，可通过根、茎、叶中发达的通气组织生存于低氧环境。一般花期为4~9月，果期为5~10月。

生长环境

杉叶藻广泛分布于西南高山、西北、华北北部和东北地区。多群生在海拔5000米以下的池沼、湖泊、溪流、江河两岸等浅水处，稻田内也有生长。

用途

药用 全草可药用，具有清热凉血、生津养液等功效。

景观 叶形纤细优雅，可以栽种在园林水景中，也可以置于室内水缸，形成微型森林景观。

饲用 产量高、全草细嫩柔软、鲜嫩多汁，是猪、禽类及草食性鱼类的优质青饲料。

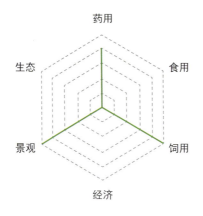

科技小贴士

杉叶藻具有沉水和挺水两种不同叶型，研究表明两种叶型的光合特性存在显著差异。两种生活型杉叶藻光能利用效率均呈早晚高、中午低的近"V"形曲线，但挺水杉叶藻露出水面可获得光合作用所需的充足的CO_2，且其最大电子传递速率、半饱和光强均显著高于沉水杉叶藻，因此挺水杉叶藻通过增加光散耗尽量降低光抑制程度，具有更高光合能力和对强光的耐受能力。

金鱼藻

金鱼藻科 金鱼藻属
(*Ceratophyllum demersum*)

形态特征

生活型：多年生沉水草本。

株：全株深绿色。

茎：茎长40~150厘米，平滑，具分枝。

叶：叶4~12轮生，1~2次二叉状分歧，裂片丝状或丝状条形，长1.5~2厘米，宽0.1~0.5毫米，先端带白色软骨质，边缘一侧具细齿。

花：花直径约2毫米；苞片9~12，条形，长1.5~2毫米，浅绿色，透明，先端有3齿及带紫色毛；雄蕊10~16，微密集。

果：坚果宽椭圆形，长4~5毫米，径约2毫米，黑色，平滑，边缘无翅，具3刺，顶刺为宿存花柱，长0.8~1厘米，先端具钩，基部2刺向下斜伸，长4~7毫米。

生长习性

金鱼藻一般花期为6~7月，果期为8~10月。

生长环境

金鱼藻在全国广泛分布。多生长于池塘、河沟中。

用途

药用　有去暴热、热痢,有止渴功效。

饲用　营养丰富、生长速度很快,很适合用作家禽、家畜及鱼类的饲料。

景观　生活中人们也经常将金鱼藻放置鱼缸中,作为观赏性水草。

生态　对水体中的总氮、总磷、化学需氧量的去除率较高,能够较好地发挥净化水质、防治污染的效果。

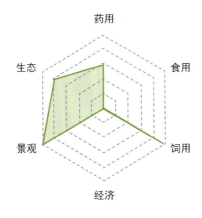

科技小贴士

值得注意的是，尽管金鱼藻具有较好的脱氮除磷、净化水质的效果，但不同浓度氮对金鱼藻生长的影响不同，如低浓度铵态氮能促进金鱼藻的生长，而较高浓度铵态氮则明显抑制金鱼藻生长，导致其净化效率显著下降。

狐尾藻

小二仙草科 狐尾藻属
(*Myriophyllum verticillatum*)

形态特征

生活型：多年生粗壮沉水草本。

茎：根状茎发达，在水底泥中蔓延，节部生根；茎圆柱形，长20～40厘米，多分枝。

叶：叶常4片轮生，或3或5片轮生，沉水叶长4～5厘米，丝状全裂，无叶柄，裂片8～13对，互生，长0.7～1.5厘米；水上叶互生，披针形，鲜绿色，长约1.5厘米，裂片较宽；秋季于叶腋中生棍棒状冬芽而越冬。

花：花单性，雌雄同株或杂性，单生于水上叶腋内，每轮具4花，花无梗，比叶片短；苞片羽状篦齿状分裂；雄花雄蕊8，花药椭圆形，长2毫米，淡黄色，花丝丝状，花后伸出花冠。

果：果宽卵形，长3毫米，具4条浅槽，顶端具残存的萼片及花柱。

生长习性

狐尾藻喜阳，喜温，喜微碱性土壤。夏季生长旺盛，冬季生长慢，一年四季可采收。

生长环境

狐尾藻为世界广布种，在中国南北各地池塘、沟渠、沼泽中常有生长，常与穗状狐尾藻（*Myriophyllum spicatum*）混在一起。

用途

饲用　生长速度快，含有丰富的蛋白质、矿物质和维生素等营养成分，是优良的饲料。

景观　颜色嫩绿，形状像一只毛茸茸的狐狸尾巴，可以作为鱼缸或庭院池塘的水景植物。

生态　对污染水体中的氮、磷及重金属具有较好的吸收作用，是水生态治理的先锋物种。

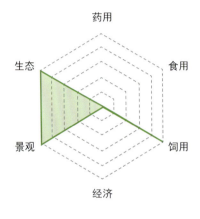

技 科技小贴士

近年来,由于气候变化和人类活动的加剧,导致水体富营养化,降低了水下光强。研究表明,在轻度富营养化条件下,作为沉水植物的狐尾藻通过调整其特殊生长策略而能克服水体富营养化对光照的削弱作用,从而促进其生长;但在水体高度富营养化产生的弱光胁迫下,狐尾藻生长、光合作用受到显著抑制。

艺

恽寿平(1633—1690年),又名格,字正叔,号南田、白云外史等,清代著名画家。开创了"常州画派",发展了没骨技法,所画花鸟虫鱼很少用笔勾线,主要以水墨直接点染,追求天机物趣。此画描绘一泓清泉中,碧绿的水藻随着清波悠悠漂荡,鱼儿畅游嬉戏,整个画面充满着清透活泼和宁静自在的气息。

眼子菜

眼子菜科 眼子菜属
(*Potamogeton distinctus*)

芩 (qín)

呦呦鹿鸣，
食野之芩。
我有嘉宾，
鼓瑟鼓琴。

——《小雅·鹿鸣之什·鹿鸣》节选

鹿儿呦呦地欢鸣，吃野地里的芩草。我有满座宾客，席间鼓瑟又弹琴。

这是一首贵族宴飨宾客的乐歌，诗中"呦呦鹿鸣"也逐渐成为比喻朋友欢聚的代词。但是关于"食野之芩"之"芩"究竟是什么植物，一直没有定论。《诗经稗疏》："当求之鹿食九草之中，芩当是水芹。芩、芹，音相近耳。"但这种说法只是猜测。陆玑《毛诗草木鸟兽虫鱼疏》中对"芩"的形态进行了更为详细的描述："芩草，茎如钗股，叶如竹，蔓生泽中，下地咸处，为草真实，牛马皆喜食之。"意思是说，这种植物在水中是蔓生的水生植物；在低洼的土地也可以陆生，成为牛马等牲畜的食物。根据陆玑的描述，"芩"有可能为具有沉水叶和浮水叶两种叶型的眼子菜。

形态特征

生活型：多年生水生草本。

茎：根茎发达，白色，直径1.5～2毫米，多分枝，顶端具纺锤状休眠芽体，节处生须根；茎圆柱形，直径1.5～2毫米，通常不分枝。

叶：浮水叶革质，披针形、宽披针形或卵状披针形，长2-10厘米，叶脉多条，顶端连接；叶柄长5～20厘米。沉水叶披针形或窄披针形，草质，常早落，具柄；托叶膜质，长2～7厘米，鞘状抱茎。

花：穗状花序顶生，花多轮，开花时伸出水面，花后沉没水中；花序梗稍膨大，粗于茎，花时直立，花后自基部弯曲，长3～10厘米；花小，花被片4，绿色。

果：果宽倒卵圆形，长约3.5毫米，背部3脊，中脊锐，上部隆起，侧脊稍钝；基部及上部各具2凸起。

生长习性

眼子菜水生，喜微酸至中性环境，可通过果实、根状茎进行繁殖。一般花果期为5～10月。

生长环境

眼子菜广布于我国南北大多数省区，多生于池塘、水田和水沟等静水中。

用途

药用　具有清热解毒、利湿通淋、止血、驱蛔的功效。

食用　古时是一种野菜，但并不鲜美，现在已经很少有人食用。

饲用　嫩叶可作为鸭子和猪的饲料。

生态　可有效去除水体污染物，是水质改善常用的一类工程植物。

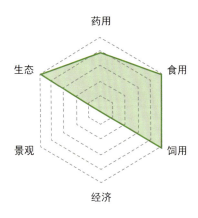

科技小贴士

眼子菜对浑浊水体或弱光照有较强的耐受能力，而不同种眼子菜对水深及光照强度的适应性不同，有研究表明相较于竹叶眼子菜（*Potamogeton wrightii*），微齿眼子菜（*Potamogeton maackianus*）对弱光耐受性更好，并推测微齿眼子菜和竹叶眼子菜的临界生长水深分别约为5m和3.5m。

第二章 水泽畔

水泽之畔,是流动的绿色诗歌。荷花亭亭玉立,宛如仙子的裙摆。菖蒲剑叶修长,守护着一方宁静。芦苇随风摇曳,低语着岁月的故事。

芦苇

禾本科 芦苇属
(*Phragmites australis*)

蒹葭

蒹（jiān）葭（jiā）苍苍，
白露为霜。
所谓伊人，
在水一方。
溯（sù）洄（huí）从之，
道阻且长。
溯游从之，
宛在水中央。

——《秦风·蒹葭》节选

水边初生的芦苇渐已苍青，露水凝结似霜。我想念的意中人，就在河流的彼岸。逆流而上去找她，道路艰险又漫长。顺流而下去找她，仿佛她就在水中央。

首两句描绘了一幅芦苇青青、白露茫茫的景象，衬托了诗人对爱情的执着追求和求而不得的惆怅心情，也留下了一个谜团——这首诗描绘的究竟是什么季节？许多诗文解读都认为"白露为霜"明显指代清冷萧瑟的秋天，但是《说文》："葭，苇之未秀者。"郭璞也标注到"苇空中而高大，其初茁谓之葭"。根据芦苇的生长状况，此时应该还是初春。因此这里的白露并不是指节气，而是指露水凝结在初生芦苇的叶子上，好像覆盖了一层白霜。

形态特征

生活型： 多年生水生或湿生高大禾草。

株： 高1~3米。

根： 根状茎十分发达。

茎： 直立，直径1~4厘米，具20多节，节下被蜡粉。

叶： 叶鞘下部者短于上部者，长于节间；叶舌有毛；叶片长15~45厘米，宽1~3.5厘米。

花： 圆锥花序，顶生，疏散，长10~40厘米，稍下垂，下部枝腋具白柔毛；小穗通常含4~7花；颖具3脉，第一颖长4毫米，第二颖长约7毫米；第一花常为雄性，脊上粗糙。

果： 颖果，长圆形，长约1.5毫米。

生长习性 　　芦苇喜湿润，是全球广布的湿地植物，繁殖方式包括种子繁殖和根茎繁殖。其中后者是芦苇常见且有效的繁殖方式。芦苇的根茎具有很强的分蘖能力，在适宜的环境中，根茎会不断地生长出新的植株。一般花期为8~12月。

生长环境 　　芦苇是被子植物中分布范围最广的植物类群之一，具有丰富的遗传多样性，也具有很强的表型可塑性，在我国广泛分布。中国芦苇属植物产地可分为东部滨海苇区、北方沼泽苇区、南方湖滨苇区、西北干旱苇区和西南山原苇区。因此，在江河湖沼、池塘沟渠的沿岸和低洼潮湿的地带都能看到芦苇的身影，且通常以连片的芦苇群落出现。

用途

药用　芦根具有清热泻火、生津止渴、利尿通淋等功效；芦叶可以治疗吐泻交作、肺痈烦热；芦花有止血解毒的功效。

食用　嫩根含有丰富的粗纤维，可直接食用，凉拌或炒菜。

饲用　生物量高，芦叶、芦花、芦茎、芦根、芦笋均可用作饲料，还可以晒制干草和青贮。

经济　茎秆坚韧，纤维含量高，是制浆造纸和人造丝的重要原料。

景观　植株高大挺拔、花序飘逸洒脱，是湿地重要的植物景观。

生态　净化水中的氮磷等污染物；根茎可以固堤、防止水土流失。不仅具有较强的化感作用，可有效抑制其他植物扩散，而且还能有效缓解滨海湿地入侵植物互花米草对黑麦草等植物的化感抑制作用。

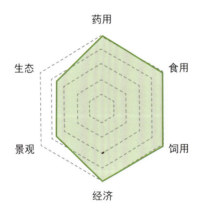

艺

边寿民（1684—1752年），原名维祺，字颐公，号渐僧、苇间居士等，清代著名画家。工诗词书画，善画花鸟、蔬果和山水，尤以画泼墨芦雁而驰名江淮，有"边芦雁"之称。全图运笔自由舒放，芦苇枯笔墨色绘成，苍劲爽利；芦花秃笔点染，蓬松自然；芦雁则以泼墨法挥写，苍浑生动。

荻

禾本科 芒属
(*Miscanthus sacchariflorus*)

菼

河水洋洋,
北流活(guō)活,
施罛(gū)濊(huò)濊,
鱣(zhān)鲔(wěi)发(bō)发,
葭(jiā)菼(tǎn)揭揭,
庶姜孽孽,
庶士有朅(qiè)。

——《卫风·硕人》节选

译文　浩浩汤汤的黄河水,奔腾不息向北流,撒下渔网哗哗响,鱼儿跳跃进了网,两岸苇荻又高又长,陪嫁女子亭亭玉立,护嫁武士威武堂堂。

解读　这首诗描述了卫庄公夫人庄姜出嫁时的盛况。诗中那撒网入水的哗哗声,那鱼尾击水的唰唰声,以及河岸绵绵密密、茂茂盛盛的芦苇和荻草,这些壮美的自然景象,都从侧面烘托庄姜的美貌。

唐代的孔颖达在《孔颖达疏》中细数了荻在不同生长阶段的称谓:"初生者为菼,长大为薍(wàn),成则名为萑(huán)。"因此这句诗描写的是初生的芦苇和荻。清代吴其濬在《植物名实图考》中描述了芦苇和荻部分区别:"强脆而心实者为荻,柔纤而中虚者为苇。"其实这两种植物的花序形态也不同,荻的花序呈伞房状,柔顺地垂向一旁;芦苇花序为圆锥状,而且有很多分支。

形态特征

生活型：一年生草本。

株：高10～30厘米，多分枝，节上密被短毛。

茎：纤细，基部匍匐生根，光滑。

叶：叶鞘短于节间，具短硬疣毛；叶舌膜质，边缘具纤毛；叶片卵状披针形，基部心形，抱茎，长2～4厘米，宽8～15毫米，下部边缘常具纤毛。

花：圆锥花序疏展成伞房状；有柄小穗退化仅存一针状柄，柄长0.1～0.5毫米，具毛。

果：颖果，长圆形。

生长习性 荻喜湿润，喜阳，耐瘠薄土壤，具有光合速率高、固碳能力和抗逆能力强等优点，且具有很强的繁殖能力，可通过茎、根状茎和种子进行繁殖，一般花果期为9~11月。

生长环境 荻遍布全国各地，多生于山坡草地较阴湿处，溪流、田埂、路边、沼泽草丛中常见。

用途

食用　根茎含淀粉，含糖量高。嫩芽可以直接食用、做菜或罐头，被称为"荻笋"。

饲用　嫩叶是牛、羊的营养价值较高的青饲草，也可以加工成草粉或颗粒配方饲料。

经济　优质的造纸原料，可以代替木材用于造纸和生产人造纤维板；用荻草可制作生物质碳棒、颗粒等，作为生物质能源。

景观　湿地景观营造的重要造景元素。

生态　生物量大，可以用于净化水质，是优良的护坡植物。

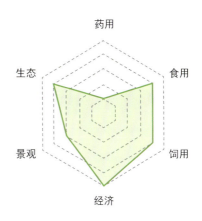

红蓼

蓼科 蓼属
(*Persicaria orientalis*)

游龙

山有乔松,
隰(xī)有游龙,
不见子充,
乃见狡童。

——《郑风·山有扶苏》节选

高山上有挺拔的青松,低洼处有枝叶放纵的红蓼。没见到漂亮的子充,却遇见了那个狡猾的年轻人。

《郑风·山有扶苏》描绘了情侣约会时的有趣画面。山上的青松,湿地中的红蓼,是对约会环境的意象描述,是诗经中借物起兴的常用手法。《毛传》:"龙,红草也。"《陆玑疏》云:"一名马蓼,叶大而赤白色,生水泽中,高丈余。"诗句中的"隰",指低洼潮湿的地方,指出了红蓼典型的生长环境。红蓼被称为游龙,一说"游"是因为"枝叶之放纵也","龙"是"其枝干樛[jiū]屈,著土处便有根如龙也"。除了穗状的红色花序,红蓼还有一个显著的识别特征——即桶状膜质的托叶鞘,叶柄基部的托叶向两侧发育,包围在茎节的外面。

形态特征

生活型：一年生草本。

株：高达2米。

根：根粗壮。

茎：茎直立，粗壮；上部多分枝，密被长毛。

叶：叶宽卵形或宽椭圆形，长10~20厘米，先端渐尖，基部圆或近心形，全缘；两面被毛，脉上毛较密；叶柄长2~12厘米，密被长柔毛；托叶鞘筒状，顶端绿色。

花：圆锥花序顶生或腋生；苞片宽卵形；花淡红色；花被5深裂，裂片椭圆形；雄蕊7，长于花被；花柱2。

果：瘦果近圆形，扁平，黑色，有光泽。

| 生长习性 | 红蓼喜阳、耐旱,喜温暖湿润环境,适应能力强,可在不同类型土壤中生长。一般花期6~9月,果期8~10月。 |

| 生长环境 | 红蓼广泛分布于全国各地,野生或栽培。常生于山谷、路旁、田埂、河滩等地。 |

用途

药用 果实名"水红花子",有活血、止痛、消积、利尿功效。

食用 《本草纲目》中说:"古人种蓼为蔬,收子入药。故《礼记》烹鸡、豚、鱼、鳖,皆实蓼于其腹中,而和羹脍亦须切蓼也。"其嫩茎叶可食,可于春夏季采摘,凉拌或蒸熟食用。

景观 生长迅速、高大茂盛,花密红艳,适宜做观赏植物。

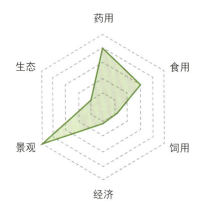

技 科技小贴士

红蓼含有酮、醇、开环萜和五环三萜烷类化合物等杀虫活性成分,对桃蚜、黏虫、菜粉蝶、棉铃虫、甘蓝夜蛾、小地老虎、小菜蛾、棉蚜、菜青虫等害虫均有触杀活性。此外,从红蓼中提取的挥发油对马铃薯环腐病菌、番茄溃疡病菌等细菌性植物病原菌有显著的杀菌效果。

艺

齐白石(1863—1957年),名璜,字萍生,号白石、白石翁、老白等。中国近现代书画家、书法篆刻家。擅长工笔草虫与写意花卉相配,工写结合,大气中见精纯。图中用曙红蘸胭脂调成鲜艳的红色,描绘出参差错落、浓淡相宜的穗状花序,生得自在,开得忘我,充满了野性之美和自然之趣。

水蓼

蓼科 蓼属
(*Persicaria hydropiper*)

蓼

肇(zhào)允彼桃虫,
拚(fān)飞维鸟。
未堪家多难,
予又集于蓼(liǎo)。

——《周颂·小毖(bì)》节选

开始以为那是一只鹪鹩小鸟,可它翻飞间便化作凶恶大鸟。国家多难已不堪忍受,而我又遇到苦涩的蓼草。

这是一首周王吸取教训、自我警醒和诫勉的诗,"惩前毖后"这一成语即由本诗而来。

《尔雅义疏》:"蓼,虞蓼,泽蓼。""集蓼"一词,常用来表示人遭遇苦难或者陷入困境,这是因为水蓼的茎叶辛辣。《说文》:"蓼,辛菜。"俗称"辣蓼"或"水椒",是古人在元旦、立春之日所吃五辛盘(葱、蒜、韭、蓼、芥)的原料之一。春秋时期人们腌制鸡豚鱼鳖都要"实蓼",即放入水蓼叶子,能够去除腥膻之气。此外,水蓼在制酒方面也发挥了独特的价值。明代宋应星在《天工开物》中记载了造面曲时要用白面和黄豆"以蓼汁煮烂,再用辣蓼末五两、杏仁泥十两,和踏成饼"的配方,水蓼在这里起到了有效促进微生物生长和繁殖、抑制有害杂菌生长的作用。

形态特征

生活型：一年生草本。

株：高40～80厘米，植株味极辣。

茎：茎直立，多分枝，无毛；节处有红色的环。

叶：叶互生；叶片披针形，长4～7厘米，宽0.5～2.5厘米，基部楔形，全缘；托叶鞘膜质，紫褐色，先端有缘毛。

花：总状花序呈穗状，顶生或腋生，通常下垂；花稀疏，淡红色或淡绿色；花被5深裂。

果：瘦果卵形，长2～3毫米，常一面平，另一面凸出，黑褐色，无光泽。

生长习性

水蓼喜湿润，耐干旱。花期为5～9月，果期为6～10月。

生长环境

水蓼广布于全国各地，常生长在海拔3500米以下的河滩、水沟边、山谷湿地。

用途

药用　全草可入药，具有散瘀止血、解毒的功效。

食用　古代不仅作为蔬菜食用，还可以作为一种调味料。

经济　作为酿酒的酒曲，在制酒中使用。

景观　适宜在水体浅水处或滨水岸边，成片种植形成观赏景观。

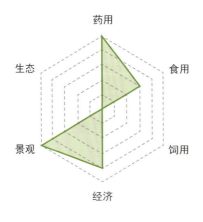

科技小贴士

水蓼具有非常发达的地下根状茎，茎节处又生细根和幼芽。植株能以地下根状茎越冬，翌年春季萌发形成新的分株。水蓼广泛生长在河湖岸边的湿润环境中，能够通过改变叶片形状、形成不定根以及改变生物量分配等方式来适应根部水淹胁迫。

荩草

禾本科 荩草属
(*Arthraxon hispidus*)

绿

终朝采绿,
不盈一匊(jū)。
予发曲局,
薄言归沐。

——《小雅·采绿》节选

整天在外采荩草,采了一捧还不到。我的头发乱糟糟,赶快回家梳洗好。

《小雅·采绿》是一首妇女思念出门在外的丈夫的诗。通过纪实的手法讲述女主人公一早开始采集荩草,收获颇少,但她更在意自己的妆容,因为丈夫就快要回家了。这里采集的不是食物,而是一种染料。《本草》中也提及,荩草也叫黄草,可染黄色。荩草主要色素成分为荩草素、木犀草素,可以将丝或棉染出鲜艳的黄色,因此古代王室常驱使百姓采集荩草,用来染制黄色官服,这也是荩草又称为"王刍"的原因。

形态特征

生活型：一年生草本。

株：高10～30厘米，具多分枝，节上密被短毛。

茎：秆纤细，地上分枝且多节，基部匍匐生根，光滑。

叶：叶鞘短于节间，具短硬疣毛；叶舌膜质，边缘具纤毛；叶片卵状披针形，基部心形，抱茎，长2～4厘米，宽8～15毫米，下部边缘常具纤毛，余均无毛。

花：有柄小穗退化仅存一针状柄，柄长0.1～0.5毫米，具毛。

果：颖果，长圆形，与稃近等长。

生长习性

　　荩草适应性很强，耐湿、耐旱，生长期长、生长速度快，有广泛的生态适应性，具极强的繁殖能力，可通过种子和茎节进行繁殖。研究表明，荩草扦穗长度对植株生物量、根茎比均有显著影响，扦穗长度为6cm时最适宜荩草生根与生长。一般花期为8～9月，果期为9～11月。

生长环境　荩草遍布全国各地，多生于山坡草地较阴湿处，路边、溪旁、沼泽草丛中常见。

用途
药用　具有止咳定喘、解毒杀虫的功效。
饲用　优良的野生牧草，牛、马、羊均喜采食。
景观　植株具有自然野趣，可用作园林绿化。
生态　耐贫瘠，具护坡固土等作用。

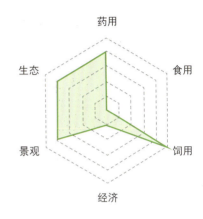

蓼蓝

蓼科 蓼属
(*Persicaria tinctoria*)

蓝

终朝采蓝,
不盈一襜(chān)。
五日为期,
六日不詹(zhān)。

——《小雅·采绿》节选

整天在外采蓼蓝,围裙还是没装满。五天是约定的归期,已满六天却尚未回来。

这首诗对妇人心不在焉的劳作场面进行了细腻的描写,借而传达出妇人深思哀怨的心情。虽然整天都在不停采摘蓼蓝,但是心中始终惦念着他人。郝懿行:"《说文》:'蓝,染青草也。'"蓼蓝在古代是一种制作染料"靛蓝"的原料,能染出漂亮而不易褪色的青蓝色。北京地名"蓝靛厂"就是因历史上有蓼蓝种植和颜料加工而得名。

形态特征

生活型：一年生草本。

株：高50~80厘米。

茎：直立，通常分枝，幼时略带紫色。

叶：叶卵形或宽椭圆形，长3~10厘米，宽2~6.5厘米，顶端圆钝，基部宽楔形，全缘，沿叶脉疏生伏毛，干后变暗蓝色；叶柄长5~10毫米；托叶鞘膜质，圆筒形，具长缘毛。

花：总状花序呈穗状，顶生或腋生；苞片漏斗状，具缘毛，内生有3~5朵花；花淡红色或紫红色，密集；花被5深裂。

果：瘦果宽卵形，具3棱，长2~2.5毫米，褐色，具光泽，包于宿存花被内。

生长习性　蓼蓝喜温暖和湿润环境，以种子繁殖。一般花期为8~9月，果期为9~10月。蓼蓝叶中色素含量在入秋开花前达到最大值，因而枝繁叶茂的夏季是蓼蓝鲜叶汁染色的最佳时节。

生长环境　蓼蓝在我国各地均有栽培或为半野生状态。蓼蓝在中国栽培历史久远，我国现存最早记录农事的历书《夏小正》记载"五月，启灌蓝蓼"，表明蓼蓝在我国先秦时期已经有人工种植了。

用途
- **药用**　叶有清热解毒之效。
- **经济**　天然植物蓝色染料的主要原材料，苗、侗、瑶、布依等少数民族大量使用蓼蓝加工扎染和蜡染民族工艺品等。

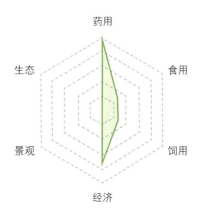

酸模

蓼科 酸模属
(*Rumex acetosa*)

莫

彼汾(fén)沮(jū)洳(rù),
言采其莫。
彼其之子,
美无度。
美无度,
殊异乎公路。

——《魏风·汾沮洳·第一章》节选

汾河边的湿地上,采摘酸模心欢喜。你看那采摘酸模的男子,无比俊美,和其他达官贵人不一样。

闻一多在《风诗类钞》中指出这首诗是"女子思慕男子的诗",女子目睹了男子采酸模的过程,从他躬身劳作中看出了与其他王公贵族不一样的勤劳节俭的美德。《毛传》:"莫,菜也。"《本草纲目》:"酸模,根叶花形并同羊蹄,但叶小味酸为异,其根赤黄色。"酸模在民间有一个别名叫"酸溜溜",因为富含草酸,其嫩茎和叶带有酸味,可作蔬菜及饲料。

形态特征

生活型：多年生草本。

株：高达80厘米。

根：根为须根。

叶：基生叶及茎下部叶箭形，长3～12厘米，先端尖或圆钝，基部裂片尖，全缘或微波状，叶柄长5～12厘米；茎上部叶较小，具短柄或近无柄。

花：单性，雌雄异株；窄圆锥状花序，顶生，花梗中部具关节；雄花外花被片椭圆形，内花被片宽椭圆形，长2.5～3毫米；雌花外花被片椭圆形，果时反折，内花被片果时增大，近圆形，基部心形，网脉明显，基部具小瘤。

果：瘦果三棱形，暗褐色，具光泽。

生长习性

酸模适应性很强，喜阳光，但又较耐阴、耐寒。一般花期为5～7月。

生长环境　酸模广布于全国各地，常见于海拔400～4100米的山坡、林缘、沟边、路旁等地。

用途
药用　全草供药用，有凉血、解毒之效。
食用　嫩茎、叶可作蔬菜，尝起来有酸溜口感，常被作为调味料使用。
饲用　嫩叶营养价值较高，是牛、羊喜食的青饲草。
生态　对重金属的富集能力很强，可作为先锋植物来修复被铅和铜污染的土壤。

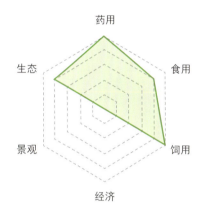

泽泻

泽泻科 泽泻属
(*Alisma plantago-aquatica*)

藚（xú）

彼汾一曲，
言采其藚（xú）。
彼其之子，
美如玉。
美如玉，
殊异乎公族。

——《魏风·汾沮洳·第一章》节选

在那汾河弯曲的河岸边，有人在采摘泽泻。就是那个采摘人，品行如美玉一般纯洁高尚，和王公家的官吏太不一样。

本诗提到的植物"藚"，即今天的泽泻。《毛诗草木鸟兽虫鱼疏》和《诗经原始》在解释"藚"的时候，都提到"叶如车前草"，那如何分辨这两种植物的叶片？泽泻的挺水叶椭圆形至卵形，叶形与车前相似，但明显更为修长；泽泻的叶边缘光滑，而车前的叶边缘可能是波状全缘或中部以下具齿，区别还是比较明显的。泽泻还具有条形或披针形的沉水叶，可以减少叶片对水流的阻力，也是植物对水环境的适应。

形态特征

生活型：多年生水生或沼生草本。

茎：块茎直径1~3.5厘米，或更大。

叶：叶通常多数；沉水叶条形或披针形；挺水叶宽披针形、椭圆形至卵形；叶脉通常5条，叶柄长1.5~30厘米，基部渐宽，边缘膜质。

花：花两性，内轮花被片近圆形，远大于外轮，边缘具不规则粗齿，白色、粉红色或浅紫色；花柱直立，花药长约1毫米，椭圆形，黄色或淡绿色；花托平凸，高约0.3毫米，近圆形。

果：瘦果椭圆形，长约2.5毫米，宽约1.5毫米，背部具1~2条不明显浅沟，下部平，果喙自腹侧伸出，喙基部凸起，膜质。

生长习性　泽泻幼苗喜阴，成株喜温暖、湿润和阳光充足的环境，耐半阴，但不耐旱，宜在靠近水源、腐殖质丰富、稍带黏性的土壤中生长。主要通过种子进行繁殖。花果期一般为5~10月。

生长环境　泽泻分布于黑龙江、吉林、辽宁、内蒙古、河北、山西、陕西、新疆、云南等省区，常见于海拔800m以下的湖泊、河湾、溪流、水塘的浅水带，沼泽、沟渠及低洼湿地亦有生长。

用途
- 药用　球茎入药，有利于小便，有清湿热之效。
- 食用　嫩花梗可以做野菜食用，可煮粥、炒菜。
- 景观　叶子簇生，翠绿茂密，常被用作园林绿化植物。
- 生态　能抑制浮萍的生长，发挥净化水体、防治富营养化的作用，并对铀及伴生镉、铅等重金属具有较强的富集作用。

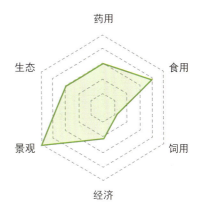

水葱

莎草科 水葱属
(*Schoenoplectus tabernaemontani*)

莞

下莞(guǎn)上簟(diàn),
乃安斯寝。
乃寝乃兴,
乃占我梦。
吉梦维何?
维熊维罴(pí),
维虺(huǐ)维蛇。

——《小雅·斯干》节选

先铺好莞席,再铺上竹席,就可以安适地休息了。休息好了起床,来占卜我的梦境。这个好梦梦到了什么?梦到了熊和罴,梦到了小蛇和大蛇。

这是一首祝颂宫殿落成的歌辞,诗中对宫殿的环境、庭院、室内做了细致的描写。《经典释文》:"莞,草,丛生水中,茎圆,江南以为席。"湿地植物"莞",即水葱,在这首诗中充当了一种重要的寝具。"席"是古人常用的生活用具,这一点也在我们耳熟能详的成语中得到体现,比如"席地而坐""割席断义"。尤其是对于先秦贵族来说,居必有席,否则就有违礼数。席子铺得越厚,则身份越高贵。《礼记·礼器》记载给天子的席子厚达五层,诸侯要铺三层,大夫要铺两层。而且席子摆放的次序也很讲究,莞席材质粗糙,用来直接铺在地上,以防潮隔虫;簟席由竹子编制,光滑清凉,有助于安眠,则铺在莞席之上。

形态特征

生活型：多年生草本。

株：高1～2米。

茎：秆圆柱状，平滑，基部具3～4个叶鞘，鞘长达38厘米，膜质，最上部叶鞘具叶片。

叶：叶片线形，长1.5～11厘米。

花：长侧枝聚伞花序简单或复出，假侧生，4～13或更多辐射枝，辐射枝长达5厘米，边缘有锯齿；小穗单生或2～3簇生辐射枝顶端，卵形，长5～10毫米，宽2～3.5毫米，具多花；鳞片椭圆形或宽卵形，具短尖，膜质，棕或紫褐色。

果：小坚果，两面凸，少有三棱形。

生长习性　水葱生长最适宜温度为15～30℃，耐低温，北方大部分地区可露地越冬。有趣的是，水葱的叶片和植株大小及其生产能力在不同海拔地区表现不同，高海拔地区低温、少雨、较强紫外线等严峻的生长条件致使水葱植株个体较小，光合速率下降。水葱一般花果期为6～9月。

生长环境　水葱主要分布于我国浙江、福建、台湾、广东、广西、云南等省区，北方也可见，常见于湖边、水边、浅水塘、沼泽地或湿地草丛。

用途
药用　干燥茎可以入药，有利水消肿的功效。
食用　嫩叶可食用。
经济　可以用来造纸，云南一带常用水葱的茎秆作为编席子的材料。
景观　植株线条优美，可以营造生机勃勃的水景。
生态　对水中有机物、氨氮、磷酸盐及重金属等污染物有较好的净化效果。

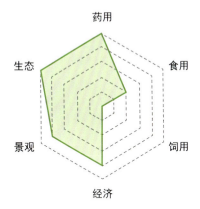

水芹

伞形科 水芹属
(*Oenanthe javanica*)

芹

觱(bì)沸槛泉,
言采其芹。
君子来朝,
言观其旂(qí)。
其旂淠淠(pèi),
鸾声嘒(huì)嘒。
载骖(cān)载驷(sì),
君子所届。

——《小雅·采菽(shū)》节选

翻腾涌动的泉水边,我去采撷鲜美的水芹。诸侯君子要来朝见,我去看那队伍的旗帜。他们旗帜猎猎飞扬,鸾铃清亮作响。三匹马和四匹马驾的大车井然前行,远方诸侯已来临。

这首诗形象地再现了一幅诸侯朝见天子时的画卷。水芹,一般生长在浅水低洼地方或池沼、水沟旁。槛泉采芹在这首诗里发挥了比兴的作用,用槛泉旁必有水芹可采兴诸侯来朝之时的壮观场面。水芹也经常指代青年学子。《鲁颂·泮水》曰:"思乐泮水,薄采其芹。"古代学子高中后,须在泮池里采些水芹,并插在帽上至文庙祭拜先师。因此水芹也是我国古代一个重要的礼仪——"释菜礼"上必不可少的一道菜肴。对于普通百姓来说,水芹是味道鲜美的水生蔬菜,可以腌制吃,可以煮着吃,也可以生吃,直至今日仍然被列为江南水八仙之一。

形态特征

生活型：多年生草本。

株：高15～80厘米。

茎：茎直立或基部匍匐，下部节生根。

叶：叶互生；基生叶具长柄，叶柄基部成鞘抱茎；叶片三角形，一至二回羽状分裂，末回裂片卵形或菱状披针形，边缘有不整齐锯齿。

花：复伞形花序顶生；总花梗长2～16厘米；无总苞；伞幅6～16，不等长；小总苞片2～8，条形；小伞形花序有花10～25多；萼齿条状披针形；花瓣5，白色，长约1毫米。

果：双悬果椭球形，长2.5～3毫米。

生长习性

水芹喜水，不耐干旱，是典型的长日照水生植物，对光照需求高，不耐阴。短日照条件下植株持续生长，而在长日照条件下植株迅速进入生殖阶段，相继开花结果。喜凉性植物，耐寒不耐热，生长适宜温度为12～24℃。一般花期为6～7月，果期为8～9月。

生长环境

水芹在全国各地均有分布，多生于湖泊、沼泽和沟渠等湿地中。

用途

药用　可降低人体内油脂和胆固醇，具有降血压、降血糖、抗糖尿病、减肥等功效。

食用　脂肪含量低，膳食纤维、矿物质和维生素含量较高，是一种优质的保健蔬菜。

生态　环境适应性强，根系发达，污水净化能力较强。

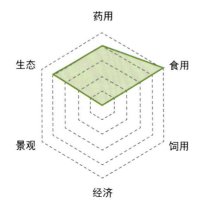

石龙芮

毛茛科 毛茛属
(*Ranunculus sceleratus*)

堇

周原膴(wǔ)膴,
堇(jǐn)荼(tú)如饴。
爰(yuán)始爰谋,
爰契我龟,
曰止曰时,
筑室于兹。

——《大雅·绵》节选

译文 岐周原野土地肥沃,堇葵也甘甜如饴糖。开始谋划和商量,再刻龟甲占卜卦象。预兆定居的好地方,在此修建屋和房。

解读 本诗描写了周太王亶(dǎn)父带领周人迁往岐山周原,在广袤辽阔的周原土地上安置家邦、修筑宫室宗庙的场景。诗句用辛辣苦涩的椒葵反衬甘之如饴的心情。《毛传》:"堇,菜也。"石龙芮古时称为"堇葵",是菜蔬的一种,但是味道却不甚鲜美。《本草经》说"石龙芮,味苦",《本草纲目》也提到"苗作蔬食,味辛而滑",吃起来又辣又滑。但石龙芮现今已被证明有毒,不可食用。

形态特征

生活型：一年生草本。

株：高10~50厘米，直径2~5毫米，有时粗达1厘米。

茎：直立，上部多分枝，具多数节，下部节上有时生根，无毛或疏被柔毛。

叶：基生叶和下部叶具长柄；叶片宽卵形，长1~4厘米，宽1.5~5厘米，基部心形，3深裂，全缘或有疏圆齿，两面无毛；茎上部叶变小。

花：聚伞花序，具较多小花；萼片5，淡绿色，椭圆形，长2.5~3.5毫米，外面被短柔毛；花瓣5，黄色，倒卵形，长1.5~3毫米。

果：聚合果矩圆形，长8~12毫米；瘦果极多数，紧密排列，宽卵形，稍扁，长约1毫米，无毛。

生长习性

石龙芮喜温暖潮湿的环境，不耐旱。种子颗粒小，数量大。花果期一般为5~8月。

生长环境

石龙芮在全国各地均有分布，常生长于湿地或河沟边，甚至水中。

用途

药用 全草可药用，有祛风湿寒痹、补肾明目、治痈疖肿毒的作用，但只能外敷不能内服。

景观 植株较小巧，叶形较特殊，可以作为景观植物。

生态 对污水中的有机污染物有较好的去除效果。

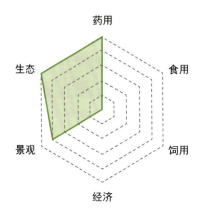

薹草

莎草科 薹草属
(*Carex*)

薹（tái）

南山有薹（tái），
北山有莱。
乐只君子，
邦家之基。
乐只君子，
万寿无期。

——《小雅·南山有薹》节选

南山生薹草，北山长藜草。快乐的君子啊，是国家的根基。快乐的君子啊，祝你万寿无疆。

本诗是一首颂德祝寿的作品。全诗六章，以南山和北山的草木起兴，列举了十多种树木，引出了"邦家之基""邦家之光""民之父母"等诗句，表述被祝寿者的功绩。兴中有比，富有象征意义，使此诗成为"燕飨通用之乐歌"。《毛传》："薹，夫须也。"薹草种类繁多，种与种之间的区别很微小，因此《诗经》中的"薹"有多种解释，可以为薹草、莎草或者香附子。薹草"有皮，坚细滑致"，在古代可用于制作斗笠，又可以制作蓑衣。

形态特征

生活型：多年生草本。

根：具地下根状茎。

茎：丛生或散生，中生或侧生，直立，三棱形，基部常有无叶片的鞘。

叶：叶基生或兼具秆生叶，平张，条形或线形，基部通常有鞘。

花：花单性，由1朵雌花或1朵雄花组成1个支小穗，有果囊，果囊内有的具退化小穗轴。

果：果囊三棱形、平凸状或双凸状。小坚果包于果囊内，三棱形或平凸状。

生长习性　薹草属植物喜湿润环境，生长期较长，有自繁能力强、耐阴、耐瘠薄等优点。

生长环境　薹草属植物是少有的遍及亚洲、欧洲和美洲的世界性植物，世界上约有2000种，在中国有近500种，是莎草科植物中最大属之一。常生于海拔100～2000米的草地、林边、沟边或沼泽地。

用途
饲用　蛋白质含量较高，是重要的牧草。
景观　优良的草坪地被植物。不少薹草适应水生环境，可作为滨水绿化植物。
生态　对盐碱地有很强的抗性，是治理土壤沙化的优良物种之一。

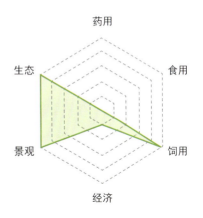

蒌蒿

菊科 蒿属
(*Artemisia selengensis*)

蒌（lóu）

翘翘错薪，
言刈（yì）其蒌（lóu）；
之子于归、
言秣（mò）其驹（jū）。
汉之广矣，不可泳思。
江之永矣，不可方思。

——《周南·汉广》节选

柴草丛丛错杂生，用刀割下那蒌蒿。姑娘就要出嫁了，赶快喂饱小马驹。汉水广袤，人不能游渡；江水流长，小船不能航行。

这首诗是男子追求女子而不能得的情歌。朱熹："蒌，蒌蒿也。"又名芦蒿，是蒿类最可口的野菜之一。陆玑曾在《毛诗草木鸟兽虫鱼疏》中介绍到"其叶似艾，白色，长数寸，高丈余，好生水边及泽中。正月，根芽生，旁茎正白，生食之，香而脆美，其叶又可蒸为茹"。农谚还有"三月茵陈四月蒿，五月六月当柴烧"之说，农历六月之后，茵陈蒿不能食用，却能当薪柴烧。在众多错杂的植物丛中，青年樵夫只割取最有用途的蒌蒿，用以比喻只爱慕在汉江出游女子中最出色的那一位。

形态特征

生活型：多年生草本。

株：高60～150厘米，具清香气味。

根：主根不明显，具多数侧根与纤维状须根。

茎：直立，无毛，初时绿褐色，后为紫红色，上部分枝。

叶：叶上面无毛，下面密被灰白色绵毛；近掌状或指状分裂或不分裂。

花：头状花序排成密穗状，在茎上组成圆锥花序；总苞矩圆形；小花黄色。

果：瘦果卵圆形，略扁。

生长习性

蒌蒿喜温暖湿润环境，生长需要充足光照，耐热、耐湿，不耐旱。花果期一般为7～10月。

生长环境

蒌蒿在我国自然分布比较广泛，多生于低海拔地区的河湖岸边与沼泽地带，可于水中生长，也见于湿润的疏林中、山坡、路旁、荒地等。

用途

药用　《本草纲目》记载蒌蒿利膈开胃，能解河豚鱼毒。现代主要用于治疗食欲缺乏。

食用　主要食用嫩的茎秆，鲜香脆爽，并兼有蒿类独特香气。苏轼诗云："蒌蒿满地芦芽短，正是河豚欲上时。"蒌蒿、芦芽都是古代用来配食河豚的最佳菜蔬。

饲用　优良的青储饲料，可喂猪、马和羊等。

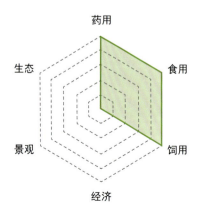

绶草

兰科 绶草属
(*Spiranthes sinensis*)

鹝（yì）

中唐有甓（pì），
邛（qióng）有旨鹝（yì）；
谁侜（zhōu）予美？
心焉惕（tì）惕。

——《陈风·防有鹊巢》节选

哪见过庭院用瓦片铺道路，哪见过山上长满绶草。是谁要离间我与心上人？我满心忧愁又害怕。

诗中前两句描述各种反常的事情。铺路的是泥土、地砖，决不是瓦片；绶草生长在水边，山坡上是栽不活的。诗人以猜测、推想、幻觉等不平常的心理活动，表达自己对所忧虑之人的珍惜在意。

《毛传》《释文》："鹝，绶草也。"《尔雅注疏》中有记载："鹝者，杂色如绶文之草也，故曰绶草。"绶草总状花序呈螺旋状扭转，确实像披挂了彩色的绶带一样，因此也得到了"盘龙参""红龙抱柱"等非常形象的俗名。绶草属名 *Spiranthes* 是 spir + anthes 的组合，就是螺旋花的意思。

107

形态特征

生活型：多年生草本。

株：高15~50厘米。

根：根簇生，肉质。

茎：茎直立，近基部生2~4枚叶。

叶：叶条状倒披针形或条形，长10~20厘米，宽4~10厘米。

花：花序顶生，长10~20厘米，具多数密生的小花；花粉紫色，偶有白色，排成螺旋状旋转的穗状花序；苞片卵形，长渐尖；唇瓣矩圆形，淡粉色，边缘具皱波状的啮齿。

果：蒴果，椭圆形。

生长习性

绶草是多年生宿根性草本植物，是世界上最小的兰花。一般喜阴，忌阳光直射，喜湿润，忌干燥，适宜生长的温度为15~30℃。当温度高于35℃以上时生长不良，低于5℃时会影响其生长，进入休眠状态。绶草在不同的生长与繁殖阶段所需光照不尽相同，春季出苗至成苗期遮光度以10%~20%为佳，孕果期遮光度以小于或等于10%为佳。夏眠后秋季出苗时，遮光度以30%为佳。一般花果期为7~9月。

生长环境　二三十年前，绶草曾广布于全国各地，由于大气环境变化、土地过度开发与药用采掘，绶草分布区域逐渐减少，现在已被列入《濒危野生动植物物种国际贸易公约》（CITES）的附录Ⅱ中，同时也被收录在中国《国家重点保护野生植物名录（第二批）》中。绶草主要生长在海拔200～3400米的山坡林下、灌丛下、草地或河滩沼泽草甸中。

用途
药用　根和全草入药，具有滋阴益气、凉血解毒的功效。
景观　盘旋而上的花朵，可爱美丽，具有较高的观赏价值。
生态　国家二级保护植物。

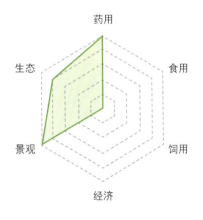

羊蹄

蓼科 酸模属
(*Rumex japonicus*)

蓫（zhú）

我行其野，
言采其蓫（zhú）。
昏姻之故，
言就尔宿。
尔不我畜，
言归斯复。

——《小雅·我行其野》节选

独自行走郊野，采摘羊蹄野菜。只因与你成婚，我才与你同往。你若不能善待我，那我只能回归故乡。

本诗的争议之处在于主人公的性别，朱杰人先生在《诗经楚辞鉴赏辞典》中旁征博引，论述了该诗为一首"弃夫"诗。入赘的男子，从妇而居，又被妇家驱逐，主人公表明心志，不愿再受妇家摆布，坚决踏上归途。《陆疏》："蓫，今人谓之羊蹄。"《诗集传》："蓫，牛蘈，恶菜也，今人谓之羊蹄菜。"羊蹄仲春时发新芽，古人采嫩叶为菜，但是羊蹄味道稍显苦涩，吃多了还会拉肚子，所以属于"恶木"或者"恶菜"，不是菜蔬的首选。由此回顾，诗中之人只能在野地里采摘这种多食伤腹的野菜，更显凄楚。

形态特征

生活型：多年生草本。

株：高50~100厘米。

根：根粗大，长圆形，黄色。

茎：茎直立，不分枝，稍粗壮。

叶：基生叶有长柄；叶片长圆形，长8~25厘米，基部心形，边缘微波状；茎生叶较小，具短柄，基部楔形；托叶鞘膜质，早落。

花：顶生圆锥状花序，花两性，淡绿色；花被6片，成2轮，内轮花被片果时增大，边缘具不整齐小齿，全部生瘤状突起。

果：瘦果宽卵形，具3锐棱，黑褐色。

生长习性

羊蹄喜温暖湿润环境，耐寒，夏天可耐受30℃以上的高温，冬天能耐-46~-40℃的低温，在2~5℃条件下能发芽，在20~25℃时生长最快；适应性强，再生能力强。

生长环境

羊蹄主要分布在我国东北、华北、陕西、华东、华中、华南、四川及贵州等地。生长在海拔30~3400米的田边路旁、河滩、沟边湿地。

用途

药用　根入药，有清热通便、凉血止血、杀虫止痒的功效。

食用　嫩叶、嫩芽可食，种子去皮可煮食。

饲用　叶是猪、禽优良的晚秋青饲料。

生态　对污染物有较强的吸收能力，具有水质净化功能。

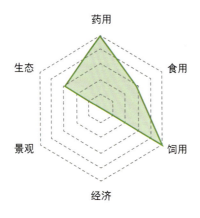

蕨

蕨科 蕨属
(*Pteridium*)

蕨

陟(zhì)彼南山，
言采其蕨。
未见君子，
忧心惙惙。
亦既见止，
亦既觏(gòu)止，
我心则说。

——《召南·草虫》节选

登上高高的南山，采摘鲜嫩的蕨菜。没有见到那君子，我心忧思而凄切。如果能与他相见，如果能与他相聚，心中欢欣又舒畅。

这是一首女子思念远出在外爱人的诗歌。女子爬上南山，采集蕨菜的嫩苗，一方面借劳作排遣终日的忧虑，一方面借登高远眺爱人归来的身影。"蕨菜"只是言景的载体，抒发的是无尽的愁思。陆玑"蕨，山菜也"。郝懿行《尔雅义疏》："今蕨菜全似贯众而差小，初出如小儿拳，故名拳菜。其茎紫色，故名紫蕨。"采蕨，采集的当是二三月蕨科草本植物还处于卷曲未展开时的幼嫩叶芽，暗示时节上秋冬已经过去，已是来年春天。

115

形态特征

生活型：多年生草本。

株：高可达1米。

茎：根状茎长而横走，密被锈黄色柔毛，以后逐渐脱落。

叶：叶疏生，叶柄褐棕色，叶片宽三角形或长圆状三角形，渐尖头，基部圆楔形，三回羽状，叶干后纸质或近革质，上面光滑。

孢子囊：囊群线形，着生于小脉顶端的联结脉上，沿叶脉分布，囊群盖条形。

生长习性 蕨喜阳，一般抽芽期为3月，孢子生成期为4月中下旬至10月下旬。

生长环境 蕨是高等植物中非常古老的一大类群，在地球上存活超过了4亿年。广布于全国各地，但主要分布于海拔200～830米长江流域及以北地区。

用途
药用　蕨根具有去暴热、利水道、令人睡、补五脏不足等功效。
食用　嫩叶可做新鲜菜蔬，也可加工成为干菜；地下根状茎含有大量淀粉，可磨制蕨粉。
饲用　可以作为良好的绿肥植物，以及家禽家畜的饲料。
景观　株形优美、格调清新，是园林、盆景常用的造景植物。
生态　对环境条件具有较高的敏感性，可作为所在地土壤和气候变化的指示植物。

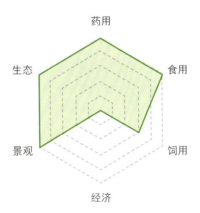

柳

折柳樊圃，
狂夫瞿(jù)瞿。
不能辰夜，
不夙(sù)则莫(mù)。

——《齐风·东方未明》节选

译文

折下柳条作为菜圃的篱笆，监工瞪大双眼在一旁监督。辛辛苦苦地日夜劳作，不是早起就是晚睡。

解读

这首诗描写了古代劳工在统治者剥削和压迫下辛苦劳作的场景，体现出他们对繁重劳役的不满和反抗之情。像柳条，柔软又脆弱，如果拿它来作篱笆，既不牢靠也不坚固。朱熹："柳，杨之下垂者，柔脆之木也。"但垂柳枝条扦插繁殖极易成活，可谓"无心插柳柳成荫"。我国自古有"插柳"和"折柳"的风俗。清明节插柳有避免疫病的含义，北魏贾思勰《齐民要术》里说："取柳枝著户上，百鬼不入家。"离别前折柳相赠，则是因"柳"与"留"谐音，以表示挽留之意，也寓意离别之人能像柳枝一样，尽快在新的地方生根发芽。

形态特征

生活型:落叶乔木。

株:高达18米。

枝:细长,下垂;小枝褐色,无毛,仅在幼嫩时稍有柔毛。

叶:叶窄披针形或线状披针形,长9~16厘米,基部楔形,两面无毛或微有毛,下面色淡绿色,有锯齿;叶柄长0.5~1厘米,有柔毛;托叶披针形,只见于嫩枝上。

花:花序先叶开放,或与叶同放;雄花序生于短枝顶,上生3~4片全缘的叶,花序轴具茸毛;雄蕊2个;雌花序轴被短毛。

果:蒴果2裂,成熟种子很小,外被白色柳絮。

生长习性 垂柳喜光，喜温暖湿润的环境；较耐寒，特耐水湿，但也能生于土层深厚的干旱地区。垂柳萌芽力强，根系发达，生长迅速，但其寿命较短，树干易老化，30年后渐趋衰老。多用插条方式进行繁殖。

生长环境 垂柳产于长江流域和黄河流域，其他地区均为栽培，是道旁、水边等常见绿化树种。

用途

药用　根、皮、枝、叶均可入药，有祛痰明目、清热解毒、利尿消肿、祛风除湿的效果。

经济　枝条柔软坚韧，是编制筐子、笸箩和簸箕的原材料，柳编逐渐发展为中国民间传统手工艺品之一。

景观　树干粗大、树形婀娜优美，常被用作美化环境的行道树和林荫树。

生态　固堤护岸，维护河堤安全。

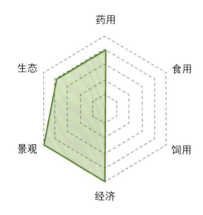

技 科技小贴士

作为典型的园林绿化植物,垂柳可释放出很多有益人体健康的挥发性有机物,且其释放量存在明显的季节变化和日变化。在春季主要释放烯烃类化合物,夏季醛类化合物释放量较高,秋季则主要释放醇类化合物。日释放高值多出现于光照最为强烈的正午前后。

艺

陈树人(1884—1948年),号葭外渔子、二山山樵、得安老人,岭南画派的一代大师。陈树人尤爱画江南的杨柳,他曾说:"千红万紫究妍丽,不及鹅黄一两条。"图中的春风吹动了嫩黄的春柳,起舞弄影,婀娜多姿,把新柳纤柔飘逸之美表现得格外富有韵致。

白桦

桦木科 桦木属
(*Betula platyphylla*)

获

有冽氿(guǐ)泉,
无浸获薪。
哀我惮人,
契契寤叹,
薪是获薪,
尚可载也。
哀我惮人,
亦可息也。

——《小雅·大东》节选

从旁边流出来的冰冷山泉,不要浸湿砍下的柴薪。夜梦忧心醒来长叹息,哀怜我这劳苦人。伐下的这些柴薪,还可以装上车往家里搬运。哀怜我这劳苦人,也该得片刻休养以安我身。

这是一首针砭时弊的作品,通过写食物、写衣着、写劳役、写待遇的不公正,描绘出人民遭受压榨的社会现实,表达了诗人痛心疾首的忧愤之情。"无浸获薪",也有版本作"穫"或"檴"。一种说法"获"为动词,《毛传》:"获,艾也。"艾通"刈"或"割"。获薪,就是指已割下的柴草。另一种说法,"获"是名词,指桦木。《尔雅·释木》:"檴,落",是如今所称的桦树。

形态特征

生活型：乔木。

株：高可达27米。

枝：树皮白色，成层剥裂；小枝红褐色，无毛。

叶：叶片三角状卵形至三角状菱形，长3~9厘米，宽2~7.5厘米，顶端渐尖，基部截形至楔形，边缘具重锯齿，侧脉5~7对；叶柄细瘦，长1~2.5厘米，无毛。

果：果序单生，圆柱状或矩圆状圆柱形，通常下垂；果苞长3~7毫米，中裂片三角形，侧裂片通常开展至向下弯；翅果狭椭圆形，膜质翅与果等宽或较果稍宽。

生长习性

白桦喜光，但也能耐一定的荫蔽；深根性、耐瘠薄、耐严寒，常与红松、落叶松、山杨、蒙古栎混生或成纯林。作为一种生长快的乔木，天然更新良好，种子结实率高，萌芽强，寿命较短。

生长环境

白桦分布于我国东北、河北、河南、陕西、宁夏、甘肃、青海、四川、云南、西藏等地。生于海拔400~4100米的山坡或林中，适应性强，分布甚广，尤喜湿润土壤，为次生林的先锋树种。

用途

药用　树皮可清热利湿、祛痰止咳、解毒消肿。

食用　桦树汁可做天然饮料。

经济　木材致密，可作胶合板、细木工等用材；树皮可提取栲胶、桦皮油，用在天然化妆品中或作皮革油。

景观　枝叶扶疏，树干修直，洁白雅致，是行道树和风景林的首选。

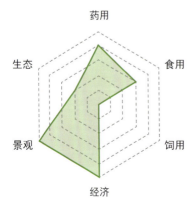

艺 传承文化记忆的桦皮画

白桦树皮为银白色，质地柔韧，可层层剥下，用于编制各类工艺品，也可在上面雕绘各式图案。北方民族用纤维细密、纵横无痕、薄层如纸的白桦的里皮刻画出人类最初的生活和想象，这就是桦皮画。

桦皮画最大特点是集剪、刻、雕、烫、画等多种手法成画。其利用30~50年树龄白桦树剥落的树皮，经杀菌、漂白、剥皮等多种手法加工制成。色彩多以烫烙为主，永不褪色，适合收藏。目前桦皮画是黑龙江省省级非物质文化遗产保护项目，被列入我国首批国家级非物质文化遗产名录。

赫哲族冬季带猎犬打猎桦树皮画
（佳木斯市博物馆）

第三章 郊野上

郊野之滨,植物从湿润的泥土中探出身来,嫩绿的叶片挂着晶莹的水珠,或红或粉或紫的花朵点缀其中,编织出蜂儿蝶儿不愿醒来的梦。

车前

车前科 车前属
(*Plantago*)

芣（fú）苢（yǐ）

采采芣苢，
薄言采之。
采采芣苢，
薄言有之。

——《周南·芣苢》节选

繁盛的车前子，我们快点来采呀。茂盛的车前子，我们快点来摘呀。

歌谣描述了劳动妇女采集车前草的情景。妇女采集"芣苢"是一种古老的习俗，车前穗状花序结籽繁多，相传食之能受胎生子，且可治难产。《毛传》："芣苢，马舄也；马舄，车前也，宜怀妊焉。"《草木疏》云：幽州人谓之牛舌，又名当道，其子治妇人生难。也有说法是车前是当时普遍的野菜。每到春天，就有成群的妇女，在那平原旷野之上，风和日丽之中，欢欢喜喜地采着它的嫩叶，一边唱着那"采采芣苢"的歌儿，是劳动的愉悦，也是对美好生活的向往。

形态特征

生活型：二年生或多年生草本。

根：具须根系。

茎：根茎短，稍粗；植株干后绿或褐绿色，或局部带紫色。

叶：叶基生呈莲座状；薄纸质或纸质，叶片卵形或宽卵形，长3～10厘米，宽2.5～6厘米，边缘波状。

花：穗状花序细圆柱状，长3～40厘米，紧密或稀疏，下部常间断；苞片三角状披针形；花具短柄；花冠白色，无毛，裂片狭三角形。

果：蒴果椭圆形，长3～4.5毫米；种子5～6，矩圆形，长约1.5毫米。

生长习性

车前喜温暖、湿润、向阳的环境，但不耐热，在20～24℃时种子发芽较快，5～28℃时茎叶可正常生长，气温超过32℃时则生长缓慢，逐渐枯萎甚至死亡。车前适应性强，主要通过种子进行繁殖。长期连续研究发现气温可能是影响春季车前种子萌发、展叶的决定因素。车前花期4～8月，果期6～9月。

生长环境

车前广泛分布于全国各地。在山野、路旁、河边、林缘、花圃、村边空旷处随处可见。因为散生于路旁，古人坐马车时经常看到它，所以又名当道、车轱辘菜、车前草。

用途

药用 清热解毒，利尿消肿。

食用 茎和叶柔软滑嫩，是上佳的野菜。

饲用 优良青饲料，用于喂猪、鸭、鹅或草鱼。

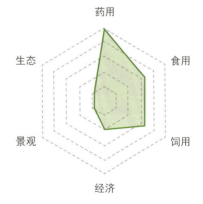

艺　　谢楚芳（生卒年不详），元代画家。《乾坤生意图》是其唯一流传的画作，目前收藏于大英博物馆，是此馆馆藏最珍贵的十件中国文物之一，亦是元代花鸟画承宋代工笔重彩遗风的典型代表。画中车前草姿态肆意、翠绿肥美，最大的叶片下正潜伏着一只蟾蜍，觊觎着前方休憩的粉蝶，平静中蕴藏杀机。

益母草

唇形科 益母草属
(*Leonurus japonicus*)

蓷（tuī）

中谷有蓷，
暵（hàn）其乾矣。
有女仳（pǐ）离，
嘅（kǎi）其叹矣。
嘅其叹矣，
遇人之艰难矣！

——《王风·中谷有蓷》节选

译文 谷中长有益母草，天旱无雨将枯槁。有位女子遭遗弃，内心叹息又苦恼。内心叹息又苦恼，嫁人不淑受煎熬。

解读 这是一首反映东周时期社会下层妇女生活状况的情感诗，表述了女子被男子遗弃之后的痛苦和愤懑。《韩诗》："悉云蓷，益母也。"

益母草的根、茎、花、叶、实皆可入药，主治妇女胎前和产后各种疾病。诗中用治疗调养女性疾病的益母草与被遗弃的妇女相比较，突出了她的悲剧命运。益母草又称"夏枯草"，夏季果实成熟后就逐渐干枯凋零。诗中描述了枯槁的益母草，将女子的痛苦更加淋漓尽致地表现出来。

形态特征

生活型：一年生或二年生草本。

茎：高20～80厘米。茎被糙伏毛。

叶：对生，掌状三全裂，裂片再分裂成条状小裂片，花序上的叶明显三全裂。

花：轮伞花序轮廓圆形，直径3～3.5厘米，下有刺状苞片；花萼筒状钟形，长8～9毫米；花冠粉紫红色，密被长柔毛。

果：小坚果长圆状三棱形，褐色，长约2.5毫米。

生长习性

益母草喜温暖湿润环境，不耐水淹。益母草一般是二年生草本，生长的第一年为营养生长期，即地上部分只长叶，又称为"童子期"；第二年为生殖生长期，即地上部分抽茎长叶并开花结果。不同生长环境和生育期直接影响益母草中有益成分生物碱含量。例如，在北方碱性土壤生长的益母草中生物碱含量比南方酸性土壤高，较为湿润且肥力良好的环境也有利于益母草生物碱的累积。

生长环境

益母草分布于内蒙古、河北北部、山西及陕西北部等地。广泛生长于田埂、海滨、草地山坡等向阳温暖湿润处，海拔可达1500米。

用途

药用　具有活血调经、明目益精的功效。花治贫血体弱。子称茺蔚子，有利尿、治眼疾之效。

景观　花为白色或紫色，清新美丽。

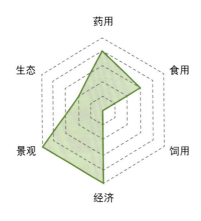

科技小贴士

益母草是中药中常用的妇科药,故有"益母"之名。相传武则天曾命御医精心配制"益母草留颜方"来保养皮肤,以寻求容颜不老、永葆青春。现代医学发现益母草富含具有抗炎、抗氧化、维持机体生殖功能等作用的生物碱类、黄酮类、二萜类和三萜类等多种化合物,其中益母草碱、水苏碱等生物碱能够非常显著地降低血黏度和抗血小板聚集。而且水苏碱还具有活血调经、利尿消肿、收缩子宫的作用,常用于刺激子宫节律性收缩。

野豌豆

豆科 野豌豆属
(*Vicia sepium*)

薇

采薇采薇,
薇亦作止。
曰归曰归,
岁亦莫(mù)止。
靡(mǐ)室靡家,
狁(xiǎn)狁(yǔn)之故。
不遑(huáng)启居,
狁狁之故。

——《小雅·采薇》节选

野豌豆采了又采,豆苗刚刚冒出地面。说着回家了回家了,但已到了年末仍不能实现。没有妻室没有家,都是因为和狁狁(少数民族)打仗。没有时间安居休息,都是因为和狁狁打仗。

这是一首戍卒返乡诗,戍边将士一边在荒野漫坡上采集野菜,一边思念着久别的家乡,屈指计算着返家的日期,描绘出了从军将士的艰辛生活和思归的情怀。整首诗中,"薇"经历了破土初露芽、幼苗枝柔韧到最后茎叶硬老去各生长阶段。本句诗中"薇亦作止"是写春天,薇菜刚刚绽出嫩绿的芽尖。

《毛传》:"薇,菜也。"《孔疏》引陆玑云:"薇,山菜也。茎叶皆似小豆,蔓生,其味亦如小豆。藿可作羹,亦可生食。"戴侗《六书故》引项安世云:"今之野豌豆也。茎叶花实似豌豆而小。"

形态特征

生活型：多年生草本。

株：高0.3~1米。

茎：根茎匍匐，茎柔细斜升或攀援，具棱，疏被柔毛。

叶：偶数羽状复叶，顶端卷须发达；托叶半戟形，有2~4裂齿；小叶5~7对，长卵圆形，先端钝或平截，微凹，有短尖头，基部圆，两面被疏柔毛，下面较密。

花：总状花序腋生，花常2~6朵密生；总花梗短；花萼钟状，萼齿5，尖锐，有黄色疏柔毛；花冠红、紫或浅粉红色，稀白色；子房线形，无毛，柄短，花柱顶端背部有一束黄髯毛。

果：荚果扁，长圆形，长2~4厘米，成熟时亮黑色，顶端具喙，微弯。

生长习性

野豌豆为优良的多年生固氮植物，耐贫瘠，抗冻性较强，生长能力强，一般返青期为4月中下旬，花期为6月中旬，果期为7~8月。

生长环境

野豌豆主要分布于西北、西南等地，多生长于海拔1000~2200米的山坡、草丛、灌丛及林缘等环境中。

用途

药用　叶及花果入药，有利水道、下浮肿、润大肠的功效。

食用　幼苗和嫩叶可作蔬菜食用，嫩荚果可煮食或炒食，成熟种子可煮粥或磨面食用。

饲用　茎枝细嫩，叶片柔软，营养丰富，粗蛋白含量多，适口性佳，各类家畜均喜食。

经济　花为白色或紫色，清新美丽。良好的野生蜜源植物，为蜜蜂等昆虫提供了丰富的食物来源。

生态　植物根系发达，能形成紧密的根网，既可以疏松土壤，又可以保持水土。

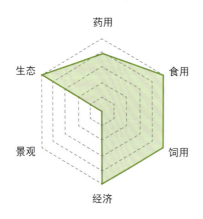

科技小贴士

豆科植物的根系和根瘤菌共生可以把大气中游离氮转化为亚硝酸盐和硝酸盐，绿色植物利用这些物质来合成蛋白质，所以豆科植物不仅本身含有丰富的蛋白质，其生长活动还能增加土壤氮含量。

李唐（1066—1150年），字晞古，南宋画家，与刘松年、马远、夏圭并称"南宋四家"，画风苍劲古朴，气势雄壮。《采薇图》所绘场景为商末伯夷、叔齐不食周粟，隐居于首阳山（今山西永济），靠采集野豌豆等野菜来充饥度日的故事，颂扬了伯夷、叔齐"不降其志，不辱其身"的君子气节。

白茅

禾本科 白茅属
(*Imperata cylindrica*)

白茅

野有死麕(jūn),
白茅包之。
有女怀春,
吉士诱之。
林有朴(pú)樕(sù),
野有死鹿。
白茅纯(tún)束,
有女如玉。

——《召南·野有死麕》节选

译文　野地里有死去的獐子,用白茅将它好好裹起;有位妙龄少女春心萌动,英俊的少年正好拿去讨她欢喜。树林里有丛生的小树,野地里有死去的野鹿,用白茅将它细细捆扎,送给纯洁如玉的少女。

解读　这首诗描述的是英勇的猎人用洁白的茅草将自己捕获的猎物包裹,送给心爱的女子作为求婚的礼物,体现了当时男女之间淳朴率真的爱情。北宋药物学家苏颂的《本草图经》是这样描述白茅这种植物的:"春生苗,布地如针,俗间谓之茅针,亦可啖,甚益小儿。夏生白花,茸茸然,至秋而枯,其根至洁白,亦甚甘美,六月采根用。"白茅色泽洁白,体态柔顺,古人将其看作圣洁、芬芳的植物,祭祀时常用来衬垫或包裹祭品。用白茅包好獐子作为礼物,象征着对爱人的钦慕和珍重。白茅春天生芽,幼嫩的花序可食,古文中将初生的白茅称为"荑",因此形容美人纤纤玉手为"手如柔荑"。

形态特征

生活型：多年生草本。

株：直立，高30~80厘米，具1~3节，节无毛。

茎：具粗壮的长根状茎。

叶：多集中于秆基，质地较厚，老时常破碎成纤维状；叶舌膜质，钝尖，长约1毫米；叶片长10~50厘米，宽2~8毫米，主脉明显，向背部突出，顶生叶片短小。

花：圆锥花序稠密，长20厘米，宽达3厘米；小穗披针形，成对或有时单生，基部围以细长丝状柔毛；两颖近相等，边缘具纤毛，背面疏生丝状柔毛；雄蕊2，花药黄色，柱头2，紫黑色。

果：颖果椭圆形，长约1毫米，胚长为颖果之半。

生长习性

白茅适应能力强，喜光，稍耐阴；喜湿、耐水淹，也耐干旱。主要靠根茎扩展营养性繁殖，也可通过种子进行繁殖。花果期一般为4~6月。

生长环境

白茅在中国各地均有分布。生于低山带平原河岸草地、沙质草甸、荒漠与海滨。

用途

药用　根又名茅根、甜草根等，具有凉血止血、清热利尿功效。

食用　嫩芽、嫩茎及嫩花序皆可生食。

经济　叶片扁平密实，可用于制作蓑衣、茅草屋顶或造纸。

景观　生长整齐，形态柔和，被广泛应用于园林造景。

生态　根茎生长力强、盘根错节，可用于防风固沙，是优良的水土保持植物。

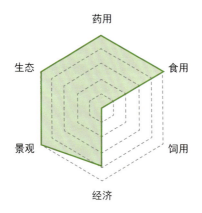

典

白茅在古代祭祀中的作用

古代祭祀时，常以白茅为助祭之物，表示对天地、神灵、祖先的恭敬。一是将白茅洁白的穗子作为铺垫，上面摆放祭祀神明的祭品；二是用来"缩酒"——将束茅立于祭前，浇酒于茅上，酒慢慢渗入，过滤掉酒渣，然后再洒落到地上或神坛上。白茅充当了人与神灵沟通的媒介，经过白茅的过滤，就相当于神灵饮过祭祀的酒水了。

飞蓬

菊科 飞蓬属
(*Erigeron acris*)

飞蓬

伯兮朅（qiè）兮，
邦之桀（jié）兮。
伯也执殳（shū），
为王前驱。
自伯之东,
首如飞蓬。
岂无膏沐，
谁适为容？

——《卫风·伯兮》节选

译文　　我的夫君十分勇武，是国家的英豪。我的夫君手持兵器，作君王的前锋。自从夫君东行出征，我的头发散乱像飞蓬。难道是缺少洗发的膏脂吗？夫君远征在外，我又能为谁梳洗打扮？

解读　　《卫风·伯兮》是一首妻子思念远行出征丈夫的诗。《集传》："蓬，草名，其华如柳絮，聚而飞，如乱发也。"诗中通过"蓬"这一意象，表现妻子在丈夫东行出征后不安和忧虑的心情。飞蓬的枝叶散生，根短易断，随风旋转飞舞，因此在我国古诗文中，"飞蓬"一词有"飘零不定、身不由己"的象征意义，如曹植的《杂诗》中写道："转蓬离本根，飘飘随长风。"

形态特征

生活型：二年生草本。

株：高30～50厘米。

茎：直立，绿色或带紫色，密被伏柔毛并混生硬毛。

叶：茎基部叶倒披针形，长1.5～10厘米，基部渐窄成长柄，全缘，稀具小尖齿；中部和上部叶披针形，长0.5～8厘米，无柄；最上部叶线形；叶两面被硬毛。

花：头状花序在茎顶排成密集的狭圆锥花序；总苞半球形，总苞片3层，线状披针形；背部密被开展的长硬毛。

果：瘦果长圆披针形，长约1.8毫米，被疏贴毛；冠毛白色，刚毛状，外层极短，内层长5～6毫米。

生长习性

飞蓬喜阳、耐寒，适应能力强，种植以疏松、肥沃、湿润而排水良好的土壤为佳。飞蓬在夏秋季容易形成优势群落，影响生态系统的生物多样性，一般被认为是恶性杂草，对农、林、牧、副业造成重大损害。有研究发现，尽管飞蓬能够增加土壤有效氮素含量，但却影响伴生对养分获取，抑制其生长，造成生物量降低。花果期一般为5～9月。

生长环境

飞蓬在我国广泛分布，常生于海拔1400～3500米的山坡草地、牧场及林缘。

用途

食用 种子可作为饭食，吃起来像粳米；嫩叶也可以作为野菜食用。

景观 容易栽培、生命力强，在园林中可布置于花境、花坛或丛植篱旁、山石前，也可作切花。

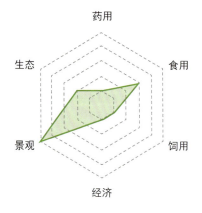

萹蓄

蓼科 萹蓄属
(*Polygonum aviculare*)

竹

瞻(zhān)彼淇奥(yù),
绿竹猗(yī)猗。
有匪君子,
如切如磋,
如琢如磨。
瑟兮僩(xiǎn)兮,
赫兮咺(xuǎn)兮。
有匪君子,
终不可谖(xuān)兮。

——《卫风·淇奥》

看那淇水弯弯处,碧绿萹蓄片片生。文采斐然那君子,学问切磋更精湛,品行琢磨愈良善。神态庄重又威严,地位高贵亦显赫。文质彬彬那君子,见之难忘记心田。

《卫风·淇奥》咏颂的是品德高尚的君子——其学问应"如切如磋,如琢如磨";其形象应"充耳琇莹,会弁如星";其胸怀应"如金如锡,如圭如璧"。诗中的绿竹不是绿色的竹子,据《毛传》辨析:"绿,王刍也。竹,萹竹也。"绿指代王刍,今名荩草;竹指代萹竹,即为萹蓄这种植物。《尔雅》郭璞注:似小藜,赤茎节,好生道旁,可食,又杀虫。萹蓄茎上有节,故古人又称其为扁竹。《蜀本草》记载萹蓄"生下湿地",也非常符合诗中淇水河畔的生长环境。

形态特征

生活型：一年生草本。

株：高达40厘米。

茎：基部多分枝。

叶：叶椭圆形或披针形，长1~4厘米，宽0.3~1.2厘米，先端圆或尖，基部楔形，全缘，无毛；叶柄短，基部具关节，托叶鞘膜质，下部褐色，上部白色。

花：花单生或数朵簇生叶腋，遍布植株；苞片薄膜质；花梗细，顶部具关节；花被5深裂，花被片椭圆形，长2~2.5毫米，绿色，边缘白色或淡红色。

果：瘦果卵形，具3棱，长2.5~3毫米，黑褐色。

生长习性

萹蓄喜湿冷气候，喜阳、耐旱，对环境适应性强，可在不同类型土壤生长良好。一般花果期为5~8月。

生长环境

萹蓄在黑龙江、吉林、辽宁、河北、山西、河南、山东、甘肃及陕西等省均有分布，常见于河流、沟溪两岸湿地或山坡草地。

用途

药用　有通经利尿、清热解毒功效。

食用　幼苗及嫩茎叶可食用，但现代已经很少作为野菜食用了。

饲用　嫩茎营养丰富，可用作牛、羊、猪、兔等的饲料。

景观　园林常见草本植物，可增加野趣。

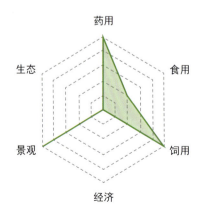

艾
菊科 蒿属
(*Artemisia argyi*)

艾

彼采葛兮,
一日不见,
如三月兮。
彼采萧兮,
一日不见,
如三秋兮。
彼采艾兮,
一日不见,
如三岁兮!

——《王风·采葛》

那个采葛的姑娘,一天没有见到她,好像隔了三个月。那个采青蒿的姑娘,一天没有见到她,好像隔了三个季度。那个采艾的姑娘,一天没有见到她,好像隔了三年!

这是一首思念爱人的情诗,也是"一日不见,如隔三秋"的出处。朝夕厮守、耳鬓相磨可能是恋人们共同的希冀,这种心理时间和实际时间的差异打动着不同时代的人们。艾草属于蒿类植物,具有芬芳的香气,常用于祭祀场合。同时,艾草也是一种常见的药草,《尔雅义疏·释草》:"艾,所以疗疾。盖医家灼艾灸病,故师旷谓之病草,《别录》谓之医草。"

诗句中主人公采集艾草,也可以用于"辟邪",我国古代先民就有五月五采艾悬于户上的做法,该习俗一直沿用至今。诗句中艾和"三岁"同时出现,还有一个巧妙的典故,姚际恒在《诗经通论》中提到"云艾必三年方可治病,故言'三岁'"。

形态特征

生活型：多年生草本或稍亚灌木状，植株有浓香。

株：高50～120厘米。

根：根状茎细长，横走，具匍枝。

茎：直立，被灰色蛛丝状柔毛，中部以上或仅上部有开展及斜生的花序枝。

叶：叶互生，下部叶在花期枯萎；中部叶基部急狭，或渐狭成短或稍长的柄，或稍扩大而成托叶状；叶片羽状深裂/浅裂，裂片边缘有齿。

花：头状花序椭圆形，直径2.5～3毫米，具短梗或近无梗，多数在茎顶排列成紧密而稍扩展的圆锥状；总苞片4～5层，边缘膜质，背面密被绵毛；花带红紫色，多数，外层雌性，内层两性。

果：瘦果，长卵圆形或长圆形，长约1毫米。

生长习性

艾喜温湿气候，耐寒耐旱，对土壤的适应性较强，生长繁殖能力强。花期一般为8～9月，果期为9～10月。

生长环境

艾分布广，除极干旱与高寒地区外，遍及全国各地。常见于山坡、林缘、灌丛、耕地、路旁及湿地等。

用途

药用　以叶入药，具有回阳气、理气血、逐湿寒等功效。

食用　嫩芽及幼苗可作菜蔬。幼嫩艾叶切碎用水煮熟，搓烂榨汁和上糯米粉，就能制作出"青草粿"。

饲用　艾晒干粉碎成艾蒿粉，是畜禽优质饲料添加剂。

经济　艾叶晒干捣碎得"艾绒"，制艾条供艾灸用，又可作"印泥"的原料。

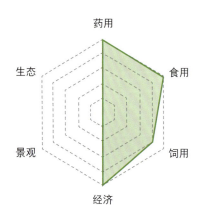

科技小贴士

艾叶有效成分主要为挥发油类、黄酮类、桉叶烷类和三萜类化合物等。其中最受关注的是艾叶挥发油，具有抗菌、抗炎、解热镇痛等多种药理作用。艾叶挥发油的主要成分有桉油素、樟脑、龙脑、蒎烯、萜品烯等，其中桉油素是2020年版《中华人民共和国药典》中规定的艾叶指标性成分。不同生长环境、光照及温度等均对艾叶中挥发油成分和含量有显著影响。研究发现高光强、红光及蓝光均可提高艾叶挥发油的醇含量。

木槿

锦葵科 木槿属
(*Hibiscus syriacus*)

舜

有女同车,
颜如舜华。
将翱(áo)将翔,
佩玉琼琚(jū)。
彼美孟姜,
洵(xún)美且都。

——《郑风·有女同车》节选

姑娘和我同乘车,容颜娇嫩如木槿。体态轻盈似飞鸟,佩戴美玉闪莹光。她是美丽姜姑娘,举止娴雅又大方。

这是古时上层社会的恋歌,赞美了一位丽质天成的少女,用木槿花明喻女子容颜的鲜嫩娇美。《毛传》:"舜,木槿也。"木槿花色缤纷,有紫红、粉红、白色、蓝色等,花型有单瓣、半重瓣、重瓣之分,是我国传统园林花卉之一。木槿插枝就可成活,枝条密集而整齐。《通志略》中有:"木槿,人多植庭院间,亦可作篱,故谓之槿篱。" 木槿花七月开始盛开,因此《逸书月令》将木槿盛开的时节定为仲夏。全株木槿花期很长,因此被文人赋予了生命力顽强的品格,但是单朵花期较短,《本草纲目》中称其为"朝开暮落花"。

形态特征

生活型：落叶灌木或小乔木。

株：高2~6米。

枝：小枝密被黄色星状绒毛，后变光滑。

叶：叶菱状卵圆形，长3~6厘米，宽2~4厘米，常3裂，基部楔形，下面有毛或近无毛；叶柄长5~25毫米；托叶条形。

花：花单生叶腋，具短柄，花色和品种众多，少有白色及重瓣；花钟形，直径6~10厘米；副萼6~7，线形。

果：蒴果卵圆形，直径约1.2厘米，密被黄色星状绒毛。

生长习性

木槿喜温湿环境，喜阳耐阴，耐热耐寒，耐湿耐旱，可通过播种、压条、扦插、分株的方式进行繁殖，因其萌蘖性强，在栽培生产中常采用扦插繁殖和分株繁殖。木槿花色丰富，盛开时满树繁花，极具观赏价值。大部分木槿花在开放过程中花色通常会发生变化，花色变化与花中花色苷含量以及土壤中钙、铁、锰等金属离子含量密切相关。一般在夏、秋季开花，花期长。

生长环境 木槿在我国台湾、福建、广东、广西、云南、贵州、四川、湖南、湖北、安徽、江西、浙江、江苏、山东、河北、河南、陕西等省区均有栽培。常见于公园及庭院。

用途

药用　花、果、根、叶和皮均可入药，有润燥活血、消疮肿、利小便等功效。

食用　花和嫩叶可食用，也是一道美味的养生蔬菜。木槿花的重瓣品种有个别名唤作鸡肉花，可见其香美嫩滑。

经济　叶片里含有皂苷类物质，加水揉搓会起泡，民间常用于泡水洗头、洗澡，是天然的洗发液、沐浴液。

景观　夏、秋季的重要观花灌木，南方多作花篱、绿篱，北方作庭园点缀及室内盆栽。

生态　对二氧化硫与氯化物等有害气体具有很强的抗性，同时还具有很强的滞尘功能，是有污染工厂的主要绿化树种。

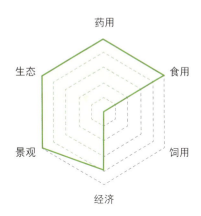

茜草

茜草科 茜草属
(*Rubia cordifolia*)

如

出其闉(yīn)闍(dū),
有女如荼(tú)。
虽则如荼,
匪我思且(cú)。
缟衣如(rú)藘(lǘ),
聊可与娱。

——《郑风·出其东门》节选

漫步走出东门外,美女多如白茅花。虽然多如白茅花,没有我的意中人。只有白衣红佩巾,才能同我共欢娱。

诗歌描写主人公在城东门外遇到众多"如云""如荼"的美丽女子,但是众女子虽美,却不是我思念的意中人,我的意中人是素白绢衣,配搭暗绿、绛红佩巾的女子。"缟衣如藘"是贫贱女子的装扮,但是真挚爱情乃是"只要两心相知,何论贵贱贫富"。其中"如藘"在这句诗中指代红色佩巾,而佩巾的颜色由茜草染成。茜草是古人最早使用的红色染料之一。《汉官仪》记载:"染园出卮茜,供染御服。"里面就提到用茜草给皇帝的衣服染色。

形态特征

生活型：多年生草质攀援藤本。

根：黄赤色。

茎：四棱，蔓生，多分枝，棱有倒刺。

叶：常4片轮生，披针形或长圆状披针形，长2~4厘米，先端渐尖，基部心形；叶边缘、叶脉和叶柄均有倒刺；叶脉5，弧状；叶柄长1~2.5厘米。

花：聚伞花序成圆锥状，腋生和顶生；花小，具短梗；花冠淡黄白色，辐状，5裂。

果：浆果，近球状，直径5~6毫米，黑色或紫黑色，有一颗种子。

生长习性

茜草喜凉爽、湿润环境，对土壤适应性强。茜草一般在春季萌芽，8~9月开花，10~11月结果。

生长环境　茜草分布于我国东北、华北、西北和四川及西藏等地。常生于疏林、林缘、灌丛、草地等。

用途

药用 根可以入药，药材名叫茜草、红茜草、茜草根，可以通经脉、治骨节风痛、活血行血。

经济 可作红色染料，在中国、印度、波斯、古埃及等先后采用茜草根对毛、棉、麻、皮革及丝进行染色。

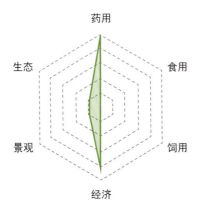

艺
《诗经》里的美好颜色

赤·茜草

茜草是我国古代文献记载中最早出现的植物染料之一。其根状茎和节上的须根含有茜素红，经过加工后获得的红色染料叫"茜红"，用茜草染色的技术叫"染绛"。据《汉官仪》所云："染园出卮茜，供染御服。"是见茜草作为染色植物的重要性。

黄·荩草

荩草的汁液含有荩草素、木犀草素，可作黄色染料。"天地玄黄"，在古代，黄色被认为是大地的颜色，也是帝后服饰的颜色。因此荩草又有别称"王刍"。

蓝·蓼蓝

蓼蓝叶中含蓝苷，从中可提取靛蓝素。古代常使用酒糟和石灰来发酵、水解蓼蓝，制造蓝靛。现代的苗、瑶、侗、布依等少数民族仍然在大量使用蓼蓝来加工扎染、蜡染民族工艺品。

白头婆

菊科 泽兰属
(*Eupatorium japonicum*)

蕳

溱(zhēn)与洧(wěi)，
方涣涣兮。
士与女，
方秉蕳(jiān)兮。

——《郑风·溱(zhēn)洧(wěi)》节选

溱河洧河蜿蜒悠长，春水浩浩流向远方。君子和仕女，手持兰草祈求吉祥。

郑国有在三月上巳日，于溱河和洧河袚除病气、拂除不祥的风俗，称为"上巳节"，后演变为水边饮宴、郊外游春的节日。"涣涣"生动地描绘出阳春三月，河水涨扬的盛况。男女成群结队，手拿兰花，参加盛典，表达对新春吉祥如意的祈盼。蕳为兰草的一种，陆机《诗义疏》中描述："其茎叶似药草泽兰，广而长节，节中赤，高四五尺。"白头婆俗名泽兰，隶属于泽兰属。泽兰属植物为古代著名香草，植株可煮汤沐浴，佩戴叶片能辟邪祈福。泽兰子炼油做成"兰膏"，则可当做香薰或蚊香，用于室内或书斋的防虫辟蠹。

171

形态特征

生活型：多年生草本。

株：高1~2米。

茎：茎枝被白色皱波状柔毛，花序分枝毛较密。

叶：叶对生，无柄或近无柄，披针形，长3~10厘米，基部楔形，3裂或不裂，两面粗涩，疏被柔毛及黄色腺点，边缘有细尖锯齿。

花：头状花序，多数，在茎顶排列成伞房状；总苞钟状，花白色或红紫色或粉红色。

果：瘦果，长约2毫米，黑色或暗褐色，有腺点；冠毛白色。

生长习性

白头婆一般花期为6~9月，果期为8~11月。

生长环境

白头婆分布于我国黑龙江、吉林、辽宁、山东、山西、陕西、河南、江苏、浙江、湖北、湖南、安徽、江西、广东、四川、云南、贵州等地。常见于草地、密疏林、灌丛、湿地中。目前尚未有人工引种栽培。

用途

药用 中国少数民族广泛使用的民间草药之一，常用于治疗跌打损伤、风湿疼痛、风寒咳嗽等；土家族常用作打伤药。强盗在偷盗被打伤后，常用白头婆进行治疗，故又名"强盗药"。

食用 叶子加水煮烂，与糯米粉、赤砂糖混合，用芝麻糖粉做陷，蒸熟做白头婆籺，是广东等沿海地区的一道民间美食。

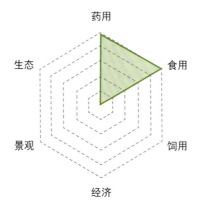

芍药

毛茛科 芍药属
(*Paeonia lactiflora*)

芍药

女曰「观乎？」
士曰「既且。且往观乎！」
洧(wěi)之外，
洵(xún)訏(xū)且乐。
维士与女，
伊其相谑，
赠之以勺药。

——《郑风·溱洧》节选

姑娘说："看看热闹怎么样？"小伙说，已经去过了。不妨再去走一趟，洧河对岸宽敞又热闹。少男少女结伴游，彼此戏谑嬉笑，相互赠送芍药表达爱慕。

上节诗歌交代了郑国"上巳节"的风俗民情，本节诗歌通过男女对话，生动活泼地描述了女子邀请男子再次游玩观赏庆典的情景，男女离别之时，赠送芍药，预定来年再相会。《韩说》："勺药，离草也，言将离别，赠此草也。"古代勺和约同声，芍药为双声词，有情人临别赠芍药，以此表达爱意和缔结良约的期盼。也有一解释为芍药有药性，赠送芍药可用来解毒避邪气，与上巳节的风俗也较为匹配。

175

形态特征

生活型：多年生草本。

株：高40~90厘米。

根：粗壮，黑褐色。

茎：无毛，基部具鳞片。

叶：下部茎生叶为2回3出复叶，上部为3出复叶；小叶窄卵形、椭圆形或披针形，先端渐尖，基部楔形或偏斜，边缘具白色骨质细齿，两面无毛，下面沿叶脉疏生短柔毛。

花：花数朵，生茎顶和叶腋，直径9~13厘米；萼片4，宽卵形，长1~1.5厘米；花瓣9~13，倒卵形，长3.5~6厘米，白色，有时基部具深紫色斑。

果：蓇葖果，长2.5~3厘米，顶端具喙；种子圆形，黑色。

生长习性

芍药喜温湿气候，耐寒。芍药是长日照植物，需要充足的光照。一般花期为5~6月，果期为8月。

生长环境

芍药分布于我国东北、华北、陕西及甘肃南部。在东北分布于海拔480~700米的山坡草地及林下，在其它各省分布于海拔1000~2300米的山坡草地。

用途

药用　根药用，称"白芍"，能治疗腹痛、除血痹、利小便、益气等。

食用　可作花卉美食，如芍药花粥、芍药花茶。

经济　种子含油量约25%，供制皂和涂料用。叶含有鞣质，可以提取栲胶。

景观　中国的传统名花，在我国有悠久的栽培历史和深厚的文化底蕴，被誉为"花相"，与牡丹的"花王"相对。芍药适宜布置专类花坛、花境或散植于林缘、山石畔和庭院中，也适于盆栽和提供鲜切花。

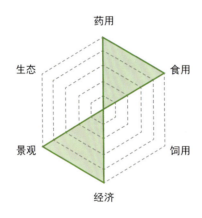

艺

恽冰（生卒年岁不详），字清於，号浩如，别号兰陵女史，亦署南兰女子，清代女画家。作为清代没骨技法代表人物，她笔下的芍药色彩淡雅，笔触细腻，既有脱俗的气质，又有柔美的风姿。

稷

禾本科 黍属
(*Panicum miliaceum*)

稷

彼黍离离,
彼稷（jì）之苗。
行迈靡靡,
中心摇摇。
知我者谓我心忧,
不知我者谓我何求。
悠悠苍天,
此何人哉!

——《王风·黍离》节选

看那黍子一行行，稷的幼苗也在长。踏上征程脚步缓，心里满是忧和伤。能够理解我的人，说我是内心烦忧；不能理解我的人，问我何所寻求。高高在上的苍天啊，是谁导致我离家远行？

这首诗传递了一种因世事变迁而引起的忧思。《毛诗序》认为这首诗是周大夫路过故宗庙宫室，入眼皆是房屋倾颓，遍地禾黍，不由得心神摇摆、恍惚彷徨。"黍、稷"是古时主要农作物，但是，关于"黍"和"稷"究竟为哪两种农作物，现在依然没有准确的答案。《尔雅正义》指出，稷，俗称谷子，它所产的米是小米。而《广雅疏证·释草》中解释到，稷，今人谓之高粱。《本草纲目》则以黏性区分，认为"黏者为黍，不黏者为稷。稷可作饭，黍可酿酒"。古代以稷为百谷之长，帝王奉祀它为谷神，"社稷"一词也是由此而生，用来代指江山。现在分类学，黍和稷都是 *Panicum miliaceum*。

形态特征

生活型：一年生栽培草本。

株：高40～120厘米。

茎：粗壮，直立；单生或少数丛生，有时有分枝；节密被髭毛。

叶：叶鞘松弛，被疣基毛；叶片线状披针形，长10～30厘米，宽5～20毫米，具柔毛或无毛，边缘常粗糙。

花：圆锥花序开展或较紧密，成熟时下垂，长30～40厘米，下部不生小穗，上部密生小枝与小穗；小穗卵状椭圆形，长4～5毫米。

果：颖果圆形或椭圆形，长约3毫米，乳白色或褐黄色。果期一般为7～10月。

生长习性

稷喜温，喜光，耐旱，耐盐碱，耐贫瘠，生命周期短，因此成为干旱和半干旱地区的优势粮食作物。随着气温升高、水资源减少等环境问题的加剧，稷抗旱和耐高温等优良性质就显得尤为重要。

生长环境 稷在我国西北、华北、西南、东北、华南以及华东等地都有栽培，为人类最早的栽培谷物之一，新疆偶见有野生种。

用途

药用　稷米可以益气，补不足，做饭食，安中利胃宜脾。现代科学研究证实，稷米富含粗蛋白质、粗纤维、棕榈酸、亚油酸、异亚油酸等营养物质，是保健食品的首选。稷还含有一些多酚和黄酮等生物活性成分，具有抗氧化、降血糖、抗癌和预防肝损伤等功效。

食用　稷米曾在我国华北、西北、东北一带广泛种植，在小麦被广泛种植前，稷米一直是北方百姓餐桌上的主食之一。

经济　传说最早的酒也是由稷酿造而成的。

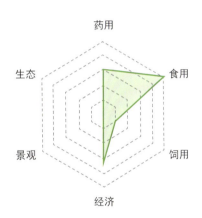

狼尾草
禾本科 狼尾草属
(*Pennisetum alopecuroides*)

稂 (láng)

——《小雅·大田》节选

既方既皁(zào),
既坚既好,
不稂不莠(yǒu)。
去其螟(míng)螣(tè),
及其蟊(máo)贼,
无害我田稚!
田祖有神,
秉畀(bì)炎火。

田地禾苗开始抽穗,很快籽粒就会变得饱满,没有空穗也没有杂草。螟螣蟊贼等害虫全部消灭,不来祸害我的嫩苗!多亏有农神保佑,一把大火把害虫们都烧掉。

此诗运用白描手法,为后世勾勒了一幅农业生产的民情风俗画卷。朱熹《集传》:"稂,童粱;莠,似苗。皆害苗之草也。",即"稂"和"莠"都指的是危害禾苗的杂草,稂又叫狼尾草。本诗句中的"不稂不莠"是获得丰收的一个关键要素,即除尽了稂莠,才使粮食长势旺盛,这是农民经历了艰辛劳动而提炼出来的重要经验。后世也常用"稂"和"莠"来比喻害群之人,因此就有了"稂莠不齐"这句成语。

形态特征

生活型：多年生草本。

株：高30～100厘米。

根：须根较粗壮。

茎：直立，丛生；花序以下常密生柔毛。

叶：叶鞘光滑，两侧压扁；叶舌具纤毛；叶片条形，长15～50厘米，常内卷。

花：穗状圆锥花序，长5～20厘米，宽1～1.5厘米；主轴分枝的刚毛开展，常呈紫色；小穗单生。

果：颖果，扁平，长圆形，长约2.5毫米。

生长习性

狼尾草喜光，能耐半阴；耐旱、耐湿，抗寒性强。适合温暖、湿润的气候条件，当气温达到20℃以上时，生长速度加快。通过种子繁殖。一般花期为7～8月，果期为9～10月。

生长环境

狼尾草在我国分布广泛。常见于海拔50～3200米的田岸、荒地、道旁及小山坡上。

用途

食用　旧时曾用狼尾草的种子作为灾荒时期的粮食。

饲用　猪牛羊鸡鸭等大部分牲畜都认可的老牌优良牧草。

经济　可以作为生物能源，通过燃烧获取能量，支持草力发电站的运行，还可以制备乙醇，或者利用厌氧发酵制备沼气。

景观　成簇耸立，随风摇曳，在园林造景中普遍使用。

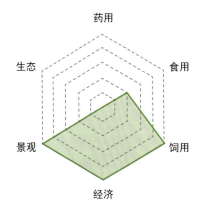

狗尾草

禾本科 狗尾草属
(*Setaria viridis*)

莠（yǒu）

既方既阜（zǎo），
既坚既好，
不稂（láng）不莠（yǒu）。
去其螟（míng）螣（tè），
及其蟊（máo）贼，
无害我田稚！
田祖有神，
秉畀（bì）炎火。

——《小雅·大田》节选

译文　田地禾苗开始抽穗，很快籽粒就会变得饱满，没有空穗也没有杂草。螟螣蟊贼等害虫全部消灭，不来祸害我的嫩苗！多亏有农神保佑，一把大火把害虫们都烧掉。

解读　本诗详细地描述了农业田间管理，体现出农民对春耕的高度重视与精心准备。

正如前面一节所述，"稂"和"莠"都指的是危害禾苗的杂草，稂叫狼尾草，莠则叫狗尾草。狼尾草和狗尾草在幼年时形似禾苗，花穗成熟后又类似小米，给除草的农民造成了一定的困难。《说文解字注》中提到"禾粟下扬生莠也"，而禾的谷穗通常是沉甸甸的下垂，这是区分禾与莠的关键点。

形态特征

生活型：一年生草本。

株：高10～100厘米。

根：根为须状，高大植株具支持根。

茎：直立或基部膝曲，基部径达3～7毫米。

叶：叶鞘松弛，无毛或疏具柔毛，边缘具较长的纤毛；叶舌极短，缘有长1～2毫米的纤毛；叶片扁平，披针形，先端渐尖，基部钝圆形，长4～30厘米，宽2～18毫米，通常无毛或疏被疣毛，边缘粗糙。

花：圆锥花序紧密呈圆柱状或基部稍疏离，直立或稍弯垂，主轴被较长柔毛，通常绿色或褐黄到紫红或紫色。

生长习性

狗尾草喜温暖、湿润、阳光充足的环境，适应性较强，耐旱，耐贫瘠。一般花果期为8～10月。

生长环境

狗尾草广布于全国各地，生于海拔4000米以下的荒野、道旁、农田，为旱地作物常见的一种杂草。

用途

药用　可除热、去湿、消肿，治疗疣目、赤眼、面上生癣等。

饲用　秆、叶可作饲料，是牛驴马羊爱吃的植物。

景观　园林常见野生草本植物，可增加野趣。

生态　对生长环境要求不高，繁殖较快，可以作为护坡草，能固堤保土、防止水土流失。

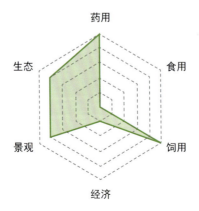

科技小贴士

如何区分狗尾草与狼尾草？

	狗尾草	狼尾草

株形	较矮且偏瘦	较高且偏肥
叶形	线状披针形且长度较短	长细线形且长度很长
刚毛长度	较短	较长
刚毛颜色	通常多绿色或黄褐色	通常多紫色
花序长度	较短	较长
花序硬度	较柔软	较刚硬

艺

齐白石精确描绘工虫（以工笔画的草虫）长达50多年之久，他主张工笔画要远看像"写意"，近看像"工笔"，即工笔要重写、尚意、传神和生命力。此画所绘的蚱蜢翅膀通透、网纹匀称，触角柔健；狗尾草用色清新，绒毛细腻，好似一碰即落。整幅画生动传神，严谨处又富有变化。

粟
禾本科 狗尾草属
(*Setaria italica*)

粟

黄鸟黄鸟,
无集于榖(gǔ),
无啄我粟(sù)。
此邦之人,
不我肯榖。
言旋言归,
复我邦族。

——《小雅·黄鸟》节选

黄鸟啊黄鸟,不要停在我的构树上,别把我的小米都啄光。这个国家的人,不肯让我生活在这里。回去吧,回去吧,回到我族人生活的地方。

这首诗描写了生存在乱离之世的主人公,在异乡遭受到了剥削、压迫和欺凌,更加增添了对邦族的怀念。诗中"黄鸟"比拟剥削者,"粟"指小米,用鸟吃粮食比喻地主的剥削。粟的祖先是前文中的"莠",也就是狗尾草,粟的人工栽培史可以追溯到7300多年以前。人们在河北省武安县磁山古文化遗址中,发现粮食堆积的遗迹,里面就包括粟。但随着水稻、小麦等谷物的迅速崛起,粟的地位开始受到动摇,唐代孟诜在《食疗本草》描述"颗粒小者是,今人间多不识耳"。

形态特征

生活型：一年生栽培谷物。

株：高0.8~1.5米。

根：须根粗大。

茎：直立，粗壮。

叶：叶鞘松裹茎秆，密具疣毛或无毛，毛以近边缘及与叶片交接处的背面为密，边缘密具纤毛；叶舌为一圈纤毛；叶片长披针形，长10~45厘米，宽5~33毫米，先端尖，基部钝圆，上面粗糙，下面稍光滑。

花：圆锥花序呈圆柱形，紧密，长6~12厘米，宽5~10毫米；小穗卵形或卵状披针形，长2~2.5毫米，黄色，刚毛长约小穗的1~3倍，小枝不延伸。

果：颖果。

| 生长习性 | 粟生长后期喜干燥，怕涝，土壤水分过多易发生烂根。花果期一般为7~9月。 |

| 生长环境 | 粟是起源于中国或东亚的古老作物，栽培历史悠久，是新石器时代黄河流域主要的作物，在全国各地均有种植。 |

用途	
药用	种仁，味甘、性凉，可入药，有调和、益脾益肾、消除虚热、解毒排尿的功效。
食用	谷粒可食，煮粥、煮饭。
饲用	其秆、叶是马、驴的良好饲料。
经济	可作为饴糖和酿酒的原料。

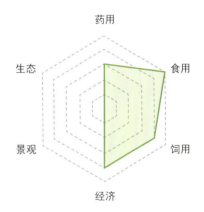

乌蔹莓

葡萄科 乌蔹莓属
(*Causonis japonica*)

蔹(liǎn)

> 葛生蒙楚,
> 蔹蔓于野。
> 予美亡此,
> 谁与独处。
> ——《唐风·葛生》节选

译文　葛藤爬满了荆树,蔹草蔓延在野地。心爱的人已离开人世,我独自一人,再与谁为伴?

解读　这是一首悼亡诗,朱熹《诗集传》和方玉润《诗经原始》都认为此诗是寡妇在思念征战阵亡的丈夫。《陆玑疏》:"蔹似栝楼,叶盛而细,其子正黑如燕薁,不可食。"葛藤和乌蔹莓均为藤本植物,葛藤攀附在黄荆树上,而乌蔹莓则在野地和墓地上蔓延,诗句以藤草之生各有托付比喻夫妻相互依存的关系,后一句则诉说着失去爱人的荒凉凄清、孤独寂寞。乌蔹莓叶通常五枚,分歧成鸟足形,因此得到别称"五爪龙"。

形态特征

生活型：草质藤本。

茎：茎带红紫色，有纵棱，具卷须。

叶：鸟足状复叶；小叶5，椭圆形至狭卵形，长2.5~7厘米，先端渐尖，基部楔形或宽圆，边缘疏生锯齿。

花：复二歧聚伞花序腋生，花4数，偶有5；花小，长约2毫米，花瓣黄绿色；花盘肉质，橙色，浅杯状。

果：浆果卵形，长约7毫米，熟时黑色，果实有毒。

生长习性

乌蔹莓喜光、耐半阴；喜湿润，较耐旱，耐水湿；喜温暖，不甚耐寒，生长适温为15~25℃，温度低于-5℃时地上部分受冻害。一般花期为3~8月，果期为8~11月。

生长环境

乌蔹莓主产于东北外的湿润区及半湿润区，生长于海拔300~2500米的山谷林中或山坡灌丛。

用途

药用　全草和根可以入药，主治痈疖疮肿虫咬，只需把它捣碎，敷在伤口患处即可。

饲用　乌蔹莓还有一个俗名"母猪藤"，藤和叶都是优良的猪饲料。

经济　可作为饴糖和酿酒的原料。

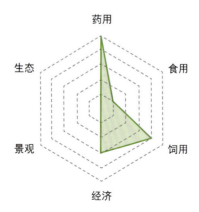

锦葵

锦葵科 锦葵属
(*Malva sinensis*)

荍（qiáo）

穀（gǔ）旦于逝，
越以鬷（zōng）迈。
视尔如荍，
贻我握椒。

——《陈风·东门之枌（fén）》节选

祭祀的良辰吉日就在今朝，我们多次相聚共前行。我看你犹如娇艳锦葵花，你回赠我一捧香花椒。

这是一首描写青年男女相爱、聚会歌舞的情歌。王先谦在《诗三家义集疏》中解释"穀旦"为良辰吉日。据朱熹《诗集传》中记载，陈国"好乐巫觋歌舞之事"，因此推断本诗中的"穀旦"可能是用来祭祀生殖神以乞求繁衍旺盛的祭日。"荍"一般理解为锦葵属植物，锦葵属植物有锦葵、蜀葵。古代有将锦葵当蔬菜食用的记载，但是《群芳谱》中形容锦葵"文彩可观"，可做庭院观赏花卉栽培。本诗的男子用荍（葵）形容女子娇艳的容颜，推测当时出现的葵更多是观赏植物而不是野菜。

诗中的"椒"指花椒，女子将果实繁密的花椒作为爱情信物回赠，表达了子嗣兴旺、家庭幸福的美好愿望。

形态特征

生活型：二年生或多年生草本。

株：高50~90厘米。

茎：分枝多，有粗毛。

叶：叶心状圆形或肾形，直径7~13厘米，常5~7浅裂，边缘有钝齿；叶柄长4~10厘米，稍有硬毛；托叶偏斜。

花：花2~11朵簇生于叶腋；花梗长1~2厘米；小苞片3，长圆形；花萼杯状，萼裂片5；花冠紫红色或淡红色，具深紫色纹；花瓣5，顶端浅凹。

果：扁球形，直径5~8毫米，分果；种子肾形，黑褐色。

生长习性

锦葵喜光照充足；耐寒、耐旱，适应能力强，可在不同土壤类型中生长。一般花期为5~10月，果期为8~11月。

生长环境

锦葵广布于全国各地，是我国常见的栽培植物。

用途

药用　茎、叶、花可入药，具有清热利湿、理气通便的功效。

景观　植株较大，多用于花境造景，有较强的观赏作用。

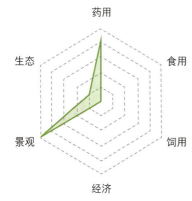

艺

戴进（1388—1462年），字文进，号静庵、玉泉山人，明代画家。擅画山水、人物、花鸟、虫草，为"浙派绘画"开山鼻祖。图中的锦葵以工细圆润的线条勾勒轮廓，用淡墨晕染，再罩上明净的色彩，色泽柔淡雅秀。

苎麻

荨麻科 苎麻属
(*Boehmeria nivea*)

麻

东门之池，
可以沤(ōu)麻。
彼美淑姬，
可与晤(wù)歌。

——《陈风·东门之池》节选

东门外的护城河，可以浸泡苎麻作衣裳。那个温柔娴静的沤麻姑娘，可以与她相会又歌唱。

这是一首欢快的劳动对歌。男女青年相聚时对歌，是古代男女接触的一种方式，也是双方增进友谊、进一步了解的主要渠道。孔颖达《毛诗义疏》提到，"沤是渐渍之名，此云沤，柔者。"诗中所说的"麻"是苎麻，一种长纤维植物，可以纺线织布。利用苎麻制作衣料时，必须先剥皮再用水清洗。在护城河沤麻，是春秋前后很长历史时期农村主要劳动内容之一。

形态特征

生活型：半灌木。

株：高达2米，分枝，生短或长毛。

叶：叶互生；圆卵形或宽卵形；长5~16厘米，先端渐尖，边缘密生牙齿状锯齿，上面粗糙，下面密生白色柔毛；具3条基生脉；叶柄长2~11厘米。

花：雌雄同株；圆锥花序腋生；雄花序常位于雌花序之下；雄花小，花被片4；雌花簇球形，直径约2毫米，花被管状。

果：瘦果小，椭圆形，密生短毛。

生长习性 苎麻是喜温短日照植物，昼夜长短可影响苎麻开花的时间和雌雄花比率。一般日长8～9小时能促进开花，但多生雌花；日长越长则雄花越多。苎麻生长的适温是15～32℃，对土壤的适应性较强。花期一般为8～10月。

生长环境 苎麻在我国山东、河南和陕西以南各省区栽培甚广，也有野生。常生于海拔200～1700米的山谷林边或草坡。

用途
药用 根为利尿解热药，并有安胎作用；叶为止血剂，治创伤出血；根、叶并用治急性淋浊、尿道炎出血等症。
食用 嫩叶可食用，苎叶粄为客家特产。
饲用 可以养蚕，作饲料。
经济 茎皮纤维细长，强韧，拉力强，耐水湿，可作为纺织原料。
生态 枝繁叶茂、根系发达，治理水土流失的效果显著。

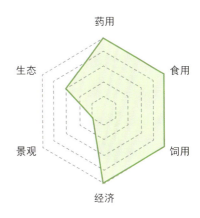

芒

禾本科 芒属
(*Miscanthus sinensis*)

菅 (jiān)

白华菅兮，
白茅束兮。
之子之远，
俾(bǐ)我独兮。
英英白云，
露彼菅茅。
天步艰难，
之子不犹。

——《小雅·白华》节选

译文　芬芳芒草开白花，白茅束好送给他。如今那人已远去，留我孤独守空房。天上白云降甘露，滋润芒草和白茅。我的命运多艰难，他还不如云露好。

解读　这首诗以妻子的口吻控诉了薄情寡义的夫君。《召南·野有死麕》中描述"白茅包之""白茅纯束"，其中的芒草和白茅有象征纯洁与和谐爱情的意义，与此诗中丈夫的绝情离去，一正一反形成鲜明对比。《尔雅疏证·释草》："白华，野菅。菅，茅属。"芒草常多茎挺立，深秋开花，遥望和荻类似。但是芒的小穗上有芒，荻的小穗上无芒或者芒极短不外露；芒的秆节之处无毛，荻的秆节之处有毛。

形态特征

生活型：多年生高大草本。

株：高1~2米。

茎：无毛或在紧接花序部分具柔毛。

叶：叶鞘长于节间，无毛；叶舌膜质，顶端具纤毛；叶片线形，长20~50厘米，宽6~10毫米，无毛或下面疏生柔毛。

花：圆锥花序，扇形，长15~40厘米，由多数指状排列的总状花序组成；小穗成对着生，同形，常3~3.5毫米，含2小花，仅第二小花结实。

果：颖果长圆形，暗紫色。

生长习性

芒喜湿润，耐干旱，具有很强的适应性和再生能力，可迅速占领生境，成为优势植物种。花果期一般为7~12月。

生长环境

芒分布于江苏、浙江、江西、湖南、福建、台湾、广东、海南、广西、四川、贵州、云南等省区。常生长于海拔1800米以下的山地、丘陵和荒坡原野，组成优势群落。

用途

经济　自古以来就是制作卧席的主要原料，现在也是重要的造纸原料。

景观　观赏植物，叶片狭长，植株挺秀，株形圆整丰满。

生态　具有较强的耐旱、耐盐碱的特性，可防风固沙。

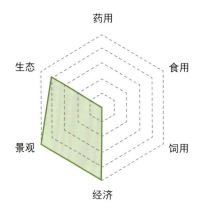

科技小贴士

近年来,在欧洲爱尔兰等很多国家大面积种植芒,利用其生长速度快、周期短的特点作为理想的可再生能源的生物质原材料。

紫云英

豆科 黄芪属
(*Astragalus sinicus*)

苕(tiáo)

防有鹊巢,
邛(qióng)有旨苕(tiáo)。
谁侜(zhōu)予美?
心焉忉(dāo)忉。

——《小雅·防有鹊巢》节选

译文　哪见过堤上筑鹊巢?哪见过山丘长苕草?是谁在离间我与心上人?我的心中忧愁又烦恼。

解读　朱熹《诗集传》中说这首诗是"男女之有私而忧或间(离间)之词"。喜鹊搭巢在树上,不可能筑在河堤上;紫云英是湿地植物,长不到高高的山坡上。马瑞辰在《毛诗传笺通释》中写到:"是苕生于下湿,今诗言邛有着,亦以喻谗言之不可信。"诗句描述自然界不可能发生的现象,来比喻人世间也不可能出现的情变。自然规律不可违反,那真正的爱情也应该是坚贞不移的。

形态特征

生活型：二年生草本。

株：高10~40厘米。

茎：茎直立或匍匐，多分枝，疏被白色柔毛。

叶：羽状复叶长5~15厘米；小叶7~13，宽椭圆形或倒卵形，常5~20毫米，先端凹或圆形，基部宽楔形；托叶彼此离生，卵形。

花：总状花序近伞形；总花梗长达15厘米；花萼钟状，萼齿披针形，被白色柔毛；花冠紫红色或白色；旗瓣倒卵形，翼瓣较旗瓣短，龙骨瓣与旗瓣近等长。

果：荚果线状长圆形，稍弯曲，长1.2~2厘米，成熟时黑色，无毛。

生长习性 紫云英喜温暖、湿润的环境，幼苗期低于8℃生长缓慢；日平均气温达到6~8℃以上时，生长速度明显加快。对土壤要求不严，在疏松、肥沃、湿润且排水良好的壤土中生长较好。一般花期为2~6月，果期为3~7月。

生长环境 紫云英产湖南、湖北、江西、江苏等长江流域各省区。常生于海拔400~3000米间的山坡、溪边及潮湿处。

用途
药用　有清热解毒、利尿消肿、活血明目等功效。
食用　嫩芽可做蔬食。
饲用　可做牲畜饲料，适口性好，且营养丰富用于补给蛋白质。

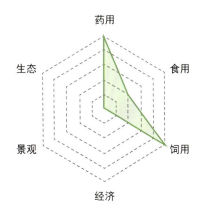

冬葵
锦葵科 锦葵属
(*Malva verticillata*)

葵

六月食郁及薁（yù），
七月亨葵及菽（shū）。
八月剥枣，
十月获稻。

——《豳(bīn)风·七月》节选

六月吃李和葡萄，七月煮葵与豆。八月开始打红枣，十月下田收稻谷。

本诗反映了名为"豳地"（今陕西旬邑、彬州市一带）的农业部落一年四季的劳动生活。诗歌以农夫的口吻，叙述了春耕、秋收、冬藏、采桑、染绩、缝衣、狩猎等农事风俗，诉说着自己一整年的辛苦劳作。朱熹："葵，菜名。"冬葵是古代重要的蔬菜，《本草纲目》称"古者，葵为五菜之主"（古代的五菜是指葵、韭、藿、薤、葱）。冬葵本应是八、九月栽种，冬末春初采集的植物，但是诗句中却说到七月采集和烹饪，因此李时珍推断这里的葵应该是经过改良和培育的秋葵。

形态特征

生活型：一年或二年生草本。

株：高0.5~1.3米。

茎：茎直立，不分枝，被柔毛。

叶：叶具长柄，互生，掌状5~7浅裂，锯齿状，两面无毛或疏被糙伏毛。

花：花簇生于叶腋；小苞片3，线状披针形，疏被糙伏毛；花萼浅杯状，5齿裂；花冠浅红色至淡白色；花瓣5，倒卵形，顶端凹入。

果：果扁圆形，由10~11心皮组成，熟时心皮彼此分离并与中轴脱离；种子肾形，暗黑色。

生长习性 　　冬葵喜湿冷气候，不耐高温和严寒，但耐低温、耐轻霜，植株生长的适宜温度为15～20℃。通过种子繁殖。花期一般为6～9月。

生长环境 　　冬葵分布于我国湖南、四川、贵州、云南、江西、甘肃等省，其余省份也偶见栽培。常生于平原旷野、村落附近和路旁，山坡、林缘、草地常见。

用途
药用　全株可入药，有利尿、催乳、润肠、通便的功效。
食用　幼苗或嫩茎叶可食用，营养丰富。
景观　叶圆，边缘折皱曲旋，秀丽多姿，是园林观赏的佳品，地植与盆栽均宜。

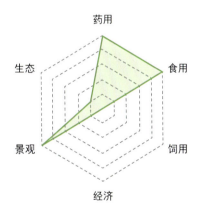

青蒿

菊科 蒿属
(*Artemisia caruifolia*)

蒿

呦(yōu)呦鹿鸣,
食野之蒿。
我有嘉宾,
德音孔昭。

——《小雅·鹿鸣》节选

鹿儿呦呦欢鸣,在那原野悠闲地啃食蒿草。我有满座好宾客,品德高尚有美名。

据朱熹《诗集传》所述,本诗原是周王宴会群臣宾客时所作的一首乐歌,后来逐渐推广到民间,成为普遍流传的宴会诗歌。《诗集传》中注释此句中的"蒿,菣也,即青蒿也"。青蒿是古人的菜蔬,也是鹿等野生动物喜欢的野草。中国著名的药理学家、中医药专家屠呦呦凭借青蒿素的抗疟疾功效,获得2015年诺贝尔生理学或医学奖,也让青蒿这种植物获得了大众的关注,但是提取青蒿素的原植物,在植物学上叫"黄花蒿"而不是"青蒿",植物学上叫"青蒿"的植物反而不含青蒿素。

形态特征

生活型：一年生草本。

株：高0.4~1.5米。

茎：茎直立，多分枝，无毛。

叶：基部叶及下部叶在花期枯萎；中部叶长圆形、2回羽状深裂，长5~15厘米，裂片长圆状线形，小裂片线形，先端渐尖，常有短小齿，两面无毛；上部叶小，羽状浅裂。

花：头状花序，半球形，直径3.5~4毫米，排列成总状或圆锥状；花梗短，苞片线形；总苞片3层，外层较短，狭矩圆形，灰绿色，内层较宽大，顶端圆形；花筒状。

果：瘦果，矩圆形，长1毫米，无毛。

生长习性

青蒿喜温暖、湿润、阳光充足的环境，但不耐阴也不耐涝。一般花期为7~8月，果期为8~9月。

生长环境

青蒿主产于中国，广泛分布在全国各地。常生于低海拔、湿润的河岸边、山谷、林缘、路旁等。

用途

药用　可以入药，有清热、解暑、祛风、止痒等功效。但不是中药"青蒿"，后者指黄花蒿的干燥或新鲜地上部分。

经济　可以提炼青蒿油，广泛应用于食品、医药、保健品等领域。

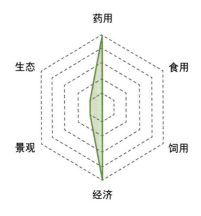

藜

藜科 藜属

(*Chenopodium album*)

莱（lái）

抑此皇父，
岂曰不时？
胡为我作，
不即我谋？
彻我墙屋，
田卒汙莱。
曰予不戕(qiāng)，
礼则然矣。

——《小雅·十月之交》节选

译文　　哎呀，这位皇父，难道说他不遵农时？为何让我服劳役，却不和我商量？拆毁我的墙壁和房屋，导致我的田地积水荒草丛生。还说不是自己残害，王朝礼法就是如此。

解读　　《毛诗序》认为此诗是"大夫刺幽王也"，即讽刺周幽王昏庸无道。诗句揭露了执政者的罪行，记述了皇父诸党把持朝政，导致的政治动荡和社会变乱的历史。《玉篇·草部》（南朝时期中国第一部按部首编排的楷书字典）里标注"莱，藜草也"。藜耐旱耐涝，常常遍布荒野，后来也被引申为田中杂草。藜有很多不同的变种，形态差异较大，有些全身绿色，有些茎秆和叶片基部是鲜艳的紫红色。《嘉祐本草》把叶子上有白粉的叫灰藋（diào），有红粉的叫藜。不论颜色差异，藜的嫩叶及幼苗都是古代主要的一种蔬菜，其种子可以煮饭或者榨油。

形态特征

生活型：一年生草本。

株：高30～150厘米。

茎：茎直立，粗壮，具条棱及绿色或紫红色条，多分枝。

叶：叶有长柄，叶片菱状卵形至宽披针形，长3～6厘米，宽2.5～5厘米，先端尖或微钝，基部楔形，叶缘具不整齐锯齿，下面生粉粒，灰绿色。

花：花两性；花簇于枝上部排列成穗状圆锥状或圆锥状花序；花被扁球形，5深裂，裂片宽卵形，背面具纵脊，边缘膜质；雄蕊5，外伸；柱头2。

果：胞果包于花被内，果皮与种子贴生；种子横生，双凸镜形，黑色，有光泽，表面具浅沟纹。

生长习性

藜具有强大的繁殖能力和很强的抗逆性，在极端恶劣的环境，如新疆干旱区的荒地及轻度盐碱化的土壤中也能旺盛生长。花果期一般为5～10月。

生长环境

藜广泛分布于全国各地。常生于路旁、荒地和田间等。

用途

药用　叶和茎可以入药，有清热、利湿、杀虫的作用。

食用　俗称"灰灰菜"，是十分常见的野菜之一。春末夏初时节，采幼嫩的茎叶，用水焯软，可凉拌亦可烹炒，是一道时令美味。

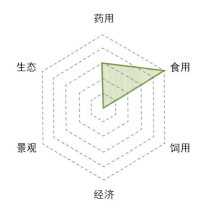

科技小贴士

藜适应性很强。种子具有异型性，可生产黑色和棕色两种种子，其中黑色种子居多，种子较小、休眠，萌发较慢且萌发率较低；棕色种子较少，约占3%，不经过休眠期，成熟后在适宜条件下可迅速萌发。藜植物体内含有大量盐囊泡，主要分布在藜叶表面，幼叶较老叶多，下表面较上表面多，且随着盐浓度的增加而增加。盐囊泡不仅可储存植物体内过量的Na^+、Cl^-和K^+，还可储存水和代谢产物。在盐胁迫条件下，植物可以通过盐囊泡将体内过多的盐分排至体外，保证植物更好地适应胁迫环境。

播娘蒿

十字花科 播娘蒿属
(*Descurainia sophia*)

莪（é）

菁菁者莪（é），
在彼中阿。
既见君子，
乐且有仪。

——《小雅·菁菁者莪》节选

莪蒿葱茏又繁茂，丛丛长于丘陵边。既已见到那君子，心情舒畅有威仪。

这是一首描写学士得见君子贤者的诗，《毛诗序》说其"乐育材也"。诗句以山上生长着茂盛的播娘蒿起兴，表示君子也能如此培养人才，助其成长。由此，后世常用"菁莪"指代育材。李时珍在《本草纲目》中说，"莪抱根丛生，俗谓之抱娘蒿。"播娘蒿和青蒿外形相似，但是两者隶属不同的科，花果结构完全不同。青蒿属于菊科，头状花序，为合瓣花，果为干质的瘦果；播娘蒿属于十字花科，花瓣四片，果实为角果。

形态特征

生活型：一年生草本。

株：高10~70厘米，被分枝毛。

茎：茎直立，基部分枝。

叶：叶狭卵形，长3~5厘米，宽2~2.5厘米，2~3回羽状深裂，末回裂片窄条形，长3~5毫米；下部叶有柄，上部叶无柄。

花：总状花序顶生；萼片4，直立，线形；花瓣4，浅黄色，长2~2.5毫米。

果：长角果窄条形，长2~3厘米，宽约1毫米，无毛；果柄长1~2厘米；种子1行，矩圆形至卵形，长约1毫米，褐色，有细网纹。

生长习性

播娘蒿耐旱、耐涝，属短日照植物，接受光照可促进植株生长，但光照时数不宜过长；对土壤要求不严，以肥沃疏松、储水性好的土壤为宜。花期一般为4~5月。

生长环境

播娘蒿分布于除华南外的全国各省。生于山坡、田野及农田、荒地等，是农田恶性杂草。

用途

药用　种子经晒干炮制后，是中药"葶（tíng）苈（lì）子"的来源之一，具有利尿消肿、祛痰定喘等功效。

食用　嫩茎和嫩叶可生食或蒸食，是一道鲜美的野菜。

经济　茎秆老时可以作为薪柴；种子含油量比较高，达到40%左右，经过加工后，可用于工业，也可以食用。

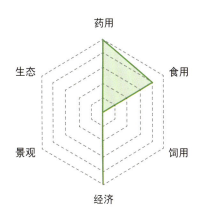

牡蒿

菊科 蒿属
(*Artemisia japonica*)

蔚

蓼(lù)蓼者莪(é),
匪莪伊蒿。
哀哀父母,
生我劬(qú)劳。
蓼蓼者莪,
匪莪伊蔚。
哀哀父母,
生我劳瘁。

——《小雅·蓼莪》节选

看似莪蒿高又大,不是莪蒿是牡蒿。可怜我的父母亲,生我养我太辛苦。看似莪蒿高又大,不是莪蒿是牡蒿。可怜我的父母亲,生我养我太劳累。

本诗运用比拟的手法抒发了诗人不能终养父母的悲痛之情。朱熹:"民人劳苦,孝子不得终养尔。"《说文解字注》:"蔚,牡蒿也。""莪"和"蔚"在诗中是两种不同的植物,"莪"所指的播娘蒿,香美可食用,并且环根丛生,比喻人成材且孝顺;而"蔚"所指的牡蒿,既不能食用又不结实,比喻不成材且不能尽孝。诗人见蒿与蔚,却错当莪,于是心有所动,遂以为比。牡蒿秋季开花,种子细小,隐藏在总苞内不容易看见,并非古人误以为的牡蒿不结实。

形态特征

生活型：多年生草本。

株：高50～150厘米，植株有香气。

根：根状茎粗壮。

茎：茎直立，常丛生，上部有开展或直立的分枝，被微柔毛或近无毛。

叶：下部叶在花期萎谢，匙形，长3～8厘米，基部渐狭，有条形假托叶，先端有齿或浅裂；中部叶楔形，顶端有齿或近掌状分裂，近无毛或有微柔毛；上部叶近条形，三裂或不裂。

花：头状花序多数在茎顶排列成圆锥状；有短梗及条形苞叶；总苞片4层，总苞球形或矩圆形，直径1～2毫米，无毛。

果：瘦果矩圆形，褐色，无毛。

生长习性 牡蒿喜暖湿气候，最适生长温度为20～25℃，抗寒性强；喜光，较耐阴，耐旱，耐贫瘠。花果期一般为7～10月。

生长环境 牡蒿主要分布在东北、内蒙古、河北、山东、山西、湖南、安徽、福建、浙江、广东、云南、贵州等地；除西南省区从低海拔分布到3300米地区外，其余分布在中、低海拔地区，在湿润、半湿润或半干旱的环境里生长。常见于林缘、旷野、灌丛、丘陵等。

用途
药用　全草入药，具有解表、清热、凉血功效。
食用　嫩叶可做蔬菜。
饲用　用于喂猪、鸡、鸭、鹅等畜禽。
经济　含挥发油，可提取芳香油。

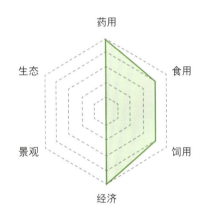

野大豆

豆科 大豆属
(*Glycine soja*)

菽（shū）

中原有菽（shū），
庶民采之。
螟（míng）蛉（líng）有子，
蜾（guǒ）蠃（luǒ）负之。
教诲尔子，
式穀（gǔ）似之。

——《小雅·小宛》节选

田野长满大豆苗，众人一起去采摘。螟蛉如若产幼子，细腰土蜂捉回巢。教诲你的孩子们，祖德需得继承好。

朱熹《诗集传》认为此诗是"大夫遭时之乱，而兄弟相戒以免祸之诗"。大豆在古代称之为"菽"，汉代才改成为豆。关于大豆的最早记载，是《诗经·生民》中"艺之荏菽，荏菽旆旆"的诗句，意思是种植的大豆生长得很茂盛。由此可见，早在西周时便已经开始出现栽培大豆了。这首诗中还提到"诞降嘉种"，"嘉种"就是现在所说的"良种"。《吕氏春秋·审时》中又有"大菽""小菽"之分，这表明当时出现了籽粒大小不一的品种。我国先民在先秦时代就重视选育良种。

形态特征

生活型：一年生缠绕草本。

株：全株疏被褐色长硬毛。

根：根草质，侧根密生于主根上部。

茎：茎纤细，长1~4米。

叶：三出羽状复叶，长达14厘米；顶生小叶卵圆形或卵状披针形，长3.5~6厘米，先端急尖或钝，基部圆，两面均密被绢质糙伏毛，侧生小叶偏斜。

花：总状花序，腋生；花小，淡紫色。

果：荚果长圆形，长1.7~2.3厘米，稍弯，密被长硬毛；种子2~3粒，稍扁，褐色或黑色。

生长习性

野大豆喜光，耐湿、耐盐碱、耐阴，具有抗旱、抗病、耐贫瘠等优良习性。一般花期为7~8月，果期为8~10月。

生长环境

野大豆除新疆、青海和海南外，遍布全国。生于潮湿田边、园边、沟旁、河岸、湖边、沼泽、草甸、沿海和岛屿向阳的矮灌木丛或芦苇丛中，稀见于沿河岸疏林下。

用途

药用　全草入药。

饲用　是家畜喜食的饲料。

经济　可栽作牧草、绿肥和水土保持植物。

生态　具有耐盐碱、抗旱、抗病等优良性状，是国家二级保护植物。

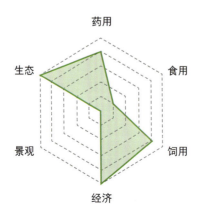

科技小贴士

为什么野大豆看似常见,却是国家二级保护植物?中国是大豆的故乡,我国种植和驯化大豆的历史超过5000年。在20世纪中叶的时候中国还是世界第一的大豆生产国,但随着美洲诸国大豆产量跃升,1996年之后,我国逐渐成为世界上最大的大豆进口国。目前,我国大豆的自给率仅为18%左右。野大豆为栽培大豆近缘祖先种,具有高蛋白质、抗逆性强、繁殖系数大等优点,利用它的优良性状进行定向杂交,能加快大豆育种进程,培育出高产、高抗性的新品种。因此,野大豆作为重要的种质资源被列入国家重点保护野生植物名录。

凌霄

紫葳科 凌霄属
(*Campsis grandiflora*)

苕（tiáo）

——《小雅·苕之华》节选

苕之华，
芸其黄矣。
心之忧矣，
维其伤矣！
苕之华，
其叶青青。
知我如此，
不如无生！

译文

凌霄花开，花色深黄。内心真烦忧，痛苦又悲伤！凌霄花开，叶子青青。早知我如此，不如不出生！

解读

这首诗是对当时社会动荡、民不聊生的社会现实的映射。诗句通过对凌霄花开之时美丽景致的描写，反衬出人民生于水火的凄凉现状。《本草》云："苕即今之紫葳，蔓生附于乔木之上，其华黄赤色，亦名凌霄。"凌霄茎节间有须状气生根，以此攀援于山石、墙面或树干向上生长，因此而得名。因此凌霄一词有"凌云"之意，喻志气高远。

形态特征

生活型：落叶木质藤本，借气生根攀附于其它物上。

叶：奇数羽状复叶，对生；小叶7~9，卵形或卵状披针形，顶端渐尖，基部宽楔形，叶缘具粗锯齿；叶轴长4~13厘米；小叶柄长0.5~1厘米。

花：花排成顶生疏散的圆锥花序；花萼钟状，绿色，不等5裂，裂至筒之中部，裂片披针形；花冠漏斗状钟形，花冠内面鲜红色，外面橙黄色，长约5厘米，裂片半圆形。

果：蒴果，顶端钝，2瓣裂；种子多数，扁平，具翅。

生长习性

凌霄喜阳且较耐阴；喜温暖湿润气候，但也有一定的耐寒能力；对土壤要求不严，在盐碱瘠薄的土壤中也能正常生长。一般花期为6~8月，果期为7~9月。

生长环境 凌霄分布于长江流域各地以及河北、山东、河南、福建、广东、广西、陕西，在台湾有栽培；常生于山谷、小河边、疏林下。

用途
药用　有行血去瘀、凉血祛风的功效。
景观　花色鲜艳可爱、芳香味浓，老干扭曲盘旋、苍劲古朴，可用作室内的盆栽藤本植物，也可用作园林景观花卉。

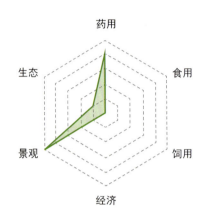

艺

居廉(1828—1904年),字士刚,号古泉,别署隔山樵子、隔山樵人、隔山樵、隔山老人等,中国近代岭南地区著名的国画画家。此图设色妍丽,笔法工整,既有没骨花卉清新典丽的特质,也能清晰看出居廉惯采的撞水与撞粉画技,让人赏心悦目。

榆树

榆科 榆属
(*Ulmus pumila*)

枌（fén）

东门之枌，
宛丘之栩（xǔ）。
子仲之子，
婆娑其下。

——《陈风·东门之枌》节选

东门路边有白榆，宛丘之上长柞树。子仲家的好姑娘，大树下翩跹起舞。

这句诗描写了主人公在东门外、宛丘上，对子仲家跳舞的女子一见钟情，寥寥数笔将女子起舞之地的美景描写得颇为传神，非常自然地引接出后两章男女双方感情的发展。《毛传》："枌，白榆也。"据历史记载，榆树早在先秦时就已经广泛栽种。明李时珍《本草纲目》称："荒岁，农人取皮为粉，食之当粮，不损人。"因其美味的榆钱，榆树也成为百姓在灾年赖以生存的"救荒树"。

形态特征

生活型：落叶乔木。

株：高达25米，胸径1米。

枝：小枝无木栓翅；冬芽内层芽鳞边缘具白色长柔毛。

叶：叶椭圆状卵形、长卵形、椭圆状披针形或卵状披针形，长2~8厘米，先端渐尖或长渐尖，基部一侧楔形或圆，一侧圆或半心形，上面无毛，下面幼时被短柔毛，后无毛或部分脉腋具簇生毛，具重锯齿或单锯齿；侧脉9~16对，叶柄长0.4~1厘米。

花：花先叶开放，在生枝的叶腋成簇生状。

果：翅果近圆形，稀倒卵状圆形，长1.2~2厘米，仅顶端缺口柱头面被毛，余无毛；果核位于翅果中部，其色与果翅相同；宿存花被无毛，4浅裂，具缘毛；果柄长1~2毫米。

生长习性

榆树喜光、耐寒、抗旱，能适应干冷气候；喜肥沃、湿润而排水良好的土壤；生长快，主根、侧根均发达，萌芽力强，抗风、耐修剪，寿命长。花期一般为3~4月，开淡紫绿色花，花在叶腋间簇生，且先于叶子开放。

生长环境

榆树分布于东北、华北、西北及西南各省区，长江下游各省也有栽培。生于海拔1000~2500米以下的山坡、山谷、川地、丘陵及沙岗等地。

用途

药用 干燥树皮或根皮的韧皮部可制成中医药材榆白皮,具有利水通淋、祛痰、消肿、解毒的功效。

食用 树皮内含淀粉及黏性物,磨成粉称榆皮面。幼嫩翅果因其外形圆薄如钱币而得名榆钱,与面粉混拌可蒸食。

经济 木材纹理通直,花纹清晰,弹性好,耐腐蚀,是制作家具首选的名贵木材;树皮纤维坚韧,可代麻制绳索、麻袋或作人造棉与造纸原料;是重要的蜜源植物。

景观 树形姿态优美,是常见的行道树。

生态 耐寒、耐旱、耐盐碱,有利于改善土壤结构。

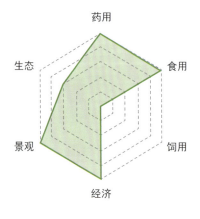

蒋廷锡（1669—1732），为清初著名宫廷画家，擅画花鸟。《藤花山雀图》以一棵高大的榆树为主体，有茂盛绽放的紫藤花攀援其上，树下有溪流蜿蜒，湖石峙立，兰芝芬芳，画风精谨端丽。

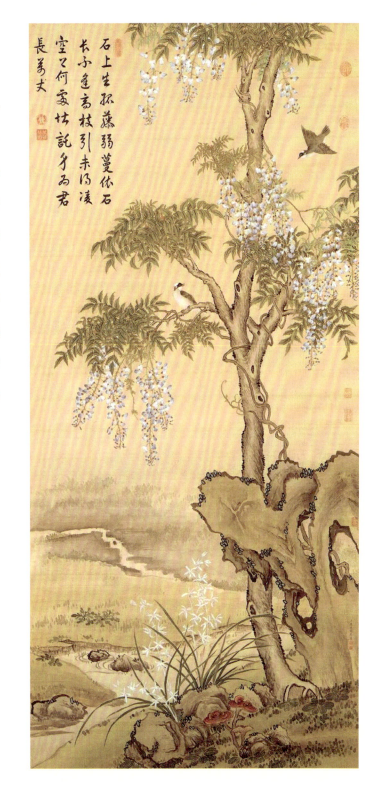

柽柳

柽柳科 柽柳属
(*Tamarix*)

柽（chēng）

作之屏之，
其菑（zī）其翳（yì）。
修之平之，
其灌其栵（lì）。
启之辟之，
其柽（chēng）其椐（jū）。

——《大雅·皇矣》节选

砍伐直立的枯枝，清理倒伏的朽木；修剪丛生的灌木，砍掉新生的枝杈；开辟道路和土地，铲除柽柳和椐树。

本诗记述了周太王迁入岐山，建立城都，打败昆夷，壮大国力的历史。诗句中把"柽"和"椐"描写成为两种杂乱生长、需要被去除的灌木。其中"柽"是指柽柳属植物，虽然其幼枝细长下垂，如柳枝般轻柔飘逸，但是叶片却很小，形似柏树的鳞形叶。民间传说将柽柳称为"木之圣者"，因为它有预知降雨、抵御霜雪的能力。现实中柽柳以强大的抗干旱和抗盐碱能力而被大家熟知，大多数种类柽柳的叶片上都有分泌盐分的腺体，吸收到植物内部的盐分通过泌盐腺体经叶面排出体外，然后经落叶实现避盐。

形态特征

生活型：小乔木或灌木。

株：高2~5米。

根：主、侧根均极发达，具深根性。

枝：老枝直立，暗褐红色，光亮；幼枝稠密细弱，常开展而下垂，红紫色或暗紫红色，有光泽；嫩枝纤细，下垂。

叶：叶鲜绿色，钻形或卵状披针形，长1~3毫米，先端急尖或略钝，背面有龙骨状隆起。

花：总状花序生于绿色幼枝，组成顶生大圆锥花序，通常下弯；苞片绿色，条状钻形；花小，粉红色；萼片5，卵状三角形；花瓣5，矩圆形。

果：蒴果圆锥形，长3~5毫米，熟时通常3瓣裂；种子细小，先端具簇毛。

生长习性

柽柳喜光，不太耐阴。适应能力强，耐旱、耐寒，较耐水湿，极耐盐碱。对土壤要求不严，在黏壤土、沙质壤土及河边冲积土中均可生长。柽柳一般花果期为5~9月。

生长环境

柽柳野生于辽宁、河北、河南、山东、江苏（北部）、安徽（北部）等省，喜生于河流冲积平原、海滨、滩头、潮湿盐碱地和沙荒地。栽培于我国东部至西南部各省区的河边、路边、沟边、庭院等处。

用途

药用　枝叶药用可解表发汗，有去除麻疹的功效。

经济　细枝柔韧耐磨，多用来编筐，坚实耐用。

景观　枝叶纤细悬垂，一年开花三次，花如红蓼，鲜绿枝和粉红花相映成趣，多栽于庭院、公园等处作观赏用。

生态　最能适应干旱沙漠生活的树种之一，是防风固沙、改良盐碱地的优良树种。

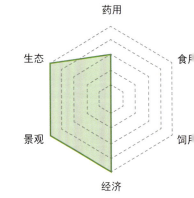

技 科技小贴士

进入沙漠地区,经常能见到柽柳、白刺等旱生植物生长在大小不一、高高凸起的沙包上。其实不是柽柳选择高地生长,而是柽柳根系发达,能减小风速、滞留风沙,在长期与风沙的相互作用中形成灌丛沙堆,塑造了沙漠中特有的生物地貌类型——柽柳包。即使在坚硬的冲洪沟河床上,柽柳也能"破壳而出",从幼苗开始便与身边的流沙顽强搏斗,小小的身躯拖着长长的沙尾。

旱柳
杨柳科 柳属
(*Salix matsudana*)

杞（qǐ）

将(qiāng)仲子兮，
无逾(yú)我里，
无折我树杞。岂敢爱之？
畏我父母。仲可怀也，
父母之言，亦可畏也。

——《郑风·将仲子》节选

仲子哥啊你听我说，别翻墙折柳来我家相会。我不是舍不得柳树，我是害怕我父母知道。仲子哥你实在让我牵挂，但父母的话也着实让我害怕。

这是一首热恋中的少女在礼教束缚下，用婉转的方式请情人不要前来相会的情诗，表现了爱情生活里复杂微妙的情感矛盾。《诗经》中一共出现了三种"杞"，本诗中的"树杞"描述的是一种乔木，指的是旱柳。朱熹："杞，柳属也，生水旁，树如柳，叶粗而白色。"旱柳是古人常用的家宅绿化树种，常常种植在庭院两侧。张择端所绘的《清明上河图》中，170多株树木中柳树占了大多数，可见当时柳树的种植范围之广。

形态特征

生活型：落叶乔木。

株：高达18米，胸径80厘米。

枝：大枝斜上，树冠广圆形；树皮粗糙，深裂，暗灰黑色；小枝直立或开展，黄色，后变褐色，光滑；幼枝有毛。

叶：叶披针形，长5～10厘米，先端渐尖，基部楔形或近圆形，边缘有细锯齿，上面绿色，下面灰白色；叶柄长5～8毫米，具长柔毛；托叶披针形，常早落。

花：总花梗、花序轴和其附着的叶均有白色柔毛；苞片卵形，外面中下部有白色短柔毛。

果：蒴果，成熟后2瓣裂，内藏种子多枚。

生长习性 旱柳喜光，耐旱耐涝，抗寒，抗风能力强，生长快，易繁殖，可通过种子、扦插和埋条等方法繁殖。一般花期为4月，果期为4~5月。

生长环境 旱柳生长于东北、华北平原、西北黄土高原，西至甘肃、青海，南至淮河流域以及浙江、江苏，为平原地区常见树种。

用途

饲用　树叶含有较高的蛋白质和脂肪，可做牛羊的饲料。

经济　树干柔韧性高、木质细密、不易腐朽，可作椽、檩、梁、柱等，是建造房屋的优质木材；枝条可以编织成柳筐柳帽；树皮富含纤维素，是造纸的好原料。

景观　枝条柔软、姿态婆娑，是中国北方常用的庭荫树、行道树和河岸防护树。

生态　对病虫害及大气污染的抵抗性较强。

青杨

杨柳科 杨属
(*Populus cathayana*)

杨

东门之杨,
其叶牂(zāng)牂。
昏以为期,
明星煌(huáng)煌。
东门之杨,
其叶肺(pèi)肺。
昏以为期,
明星晢(zhé)晢。

——《陈风·东门之杨》

东门之外杨树,风吹树叶发出"牂牂"的低唱。约好在黄昏会面,直等到启明星璀璨夺目。东门之外杨树,风吹树叶发出"肺肺"的声响。约好在黄昏会面,直等到启明星光辉明亮。

陈国都城的"东门"外,是《诗经》中男女青年聚会的爱情圣地。在终夜难耐的等待之中,借白杨树婆娑声响和"煌煌"明星之景的点染,烘托出不见伊人的焦灼和惆怅。关于《诗经》中的杨有两种解释:一说杨指水杨,即蒲柳,柳属植物,如朱熹"杨,柳之扬起者也"。另一种解释是指杨属植物,如青杨或白杨,崔豹在《古今注》中解释道,白杨叶圆,青杨叶长。还有一种栘杨,圆叶弱蒂,微风则大摇。

形态特征

生活型：落叶乔木。

株：高达30米；树冠宽卵形；树皮幼时光滑，灰绿色，老时暗灰色，纵裂。

枝与叶：幼枝无毛；短枝的叶片卵形或狭卵形，长5~10厘米，最宽处在中部以下，先端渐尖，基部圆形，稀近心形，边缘具圆锯齿；长枝或萌枝叶较大，卵状长圆形，长10~20厘米。

花：雄花序长5~6厘米；雌花序长4~5厘米，柱头2~4裂。

果：果序长10~18厘米；蒴果卵圆形，长6~9毫米，3~4瓣裂。

生长习性

喜温凉湿润的环境，比较耐寒，在最低温度-30℃的地方仍能开花结实；耐干旱，但不耐水淹；对土壤要求不严，适生于肥沃、湿润、透气性良好的土壤中。根系发达，生长快，萌蘖性强。一般花期为3~5月，果期为5~7月。

生长环境

青杨分布于辽宁、华北、西北、四川等省区，各地多有栽培。生于海拔800~3000米的沟谷、河岸和阴坡山麓。

用途

经济　木材纹理直，木质细腻轻柔，容易加工，可做家具、箱板及建筑用材。

景观　树冠丰满、树皮秀美，是北方地区最常见的庭荫树、行道树之一。

生态　根系发达，生长速度快，可用于固堤护岸等。

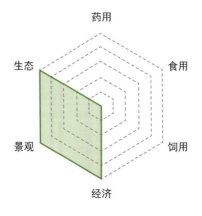

> **技** 科技小贴士
>
> 杨树(*Populus* spp.)是杨柳科杨属树种的统称。杨树是世界上分布最广、适应性最强的树种，具有生长快、适应性强、木材用途广泛等特性，是世界上广泛栽培的重要用材树种，在我国工业用材林和生态防护林建设中发挥着重要的作用。植物分类学家依据树皮、枝条、叶、芽和花的形态特征将杨树分为黑杨派、白杨派、青杨派、大叶杨派和胡杨派。在我国，青杨派资源最为丰富，胡杨派最少，黑杨派经济价值最高，大叶杨派具较高的生态价值。白杨派具有极强的适应性，在不同纬度地带，都可以见到白杨派树种生长。

枸杞

茄科 枸杞属
(*Lycium chinense*)

杞（qǐ）

翩翩者鵻（zhuī），
载飞载止，
集于苞杞。
王事靡盬（gǔ），
不遑（huáng）将母。

——《小雅·四牡》节选

鹁鸠在空中翩翩飞翔，飞飞停停，自由自在，最后栖息在茂密的枸杞树上。君王的差事还没完成，我还来不及返家奉养我的母亲。

这是一首出使官员思归故乡的诗，描述了因为王事未定使命未成奔波在路上的"我"之所见所念。诗人借飞鸟可随意飞止，可栖落在"苞杞"上，反衬出"我"因王命所迫不得返乡尽孝于父母膝前。《毛传》："杞，枸杞也。""苞"有"草木茂盛，丛生"的意思，"苞杞"就是"丛生之杞"，由此可见这里的"杞"当是灌木的"枸杞"，而非《郑风·将仲子》中为旱柳的"树杞"。枸杞既可以充饥，又可以入药，自古以来就博得喜爱。大文豪苏轼就曾多次为它写诗题句，还夸赞说"神药不自闭，罗生满山泽"。

形态特征

生活型：多分枝灌木。

株：高达1米多。

枝：枝细长，柔弱，常弯曲下垂；淡灰色，具枝刺。

叶：叶互生或簇生于短枝上；卵形或卵状披针形，长1.5~5厘米，全缘。

花：花常1~4朵簇生于叶腋；花梗细，常5~16毫米；花萼钟状，3~5裂；花冠漏斗状，淡紫色，冠筒向上骤宽，5深裂；雄蕊5。

果：浆果卵圆形，红色，长0.7~1.5厘米，可食；种子肾形，黄色。

生长习性

枸杞喜阳，耐寒，在-25℃越冬无冻害；枸杞根系发达，抗旱能力强，但不适于长期积水的低洼地。多生长在碱性土和沙质土中。一般花期为5~9月，果期为8~11月。

生长环境

枸杞分布于我国东北、河北、山西、陕西、甘肃南部以及西南、华中、华南和华东各省区。常生于山坡、荒地、丘陵地、盐碱地、路旁及村边宅旁。

用途

药用　果实，中药称枸杞子，有养肝、滋肾等功能；其根皮中药称地骨皮，有解热止咳之效用。

食用　嫩叶可作蔬菜，广东、广西等地枸杞芽菜非常流行。

经济　可加工成各种食品、饮料、保健品等。

景观　园林中常用的食源植物。

生态　耐干旱，可生长在沙地，为水土保持的灌木；耐盐碱，为盐碱地的先锋植物。

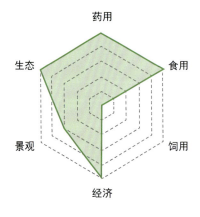

食

春吃枸杞苗

《诗经·小雅·杕杜》和《诗经·小雅·北山》两首都有"陟彼北山,言采其杞"的句子,朱熹在《诗集传》中解释到:"登山采杞,则春已暮而杞可食矣。"暮春时间,采集的其实是枸杞的嫩苗,俗称枸杞头、杞笋。杨诚斋《清明果饮》二首的其中一首:"春光如许天何负,雨点殊疏燕不妨。绝爱杞萌如紫蕨,为烹茗碗洗诗肠。"意思是说适值清明节,春光大好,我最爱的便是和紫蕨一样美味的枸杞嫩苗。

松萝

松萝科 松萝属
(*Usnea diffracta*)

萝

茑(niǎo)与女萝，
施于松柏。
未见君子，
忧心奕(yì)奕；
既见君子，
庶几说怿(yì)。

——《小雅·頍(kuǐ)弁(biàn)》节选

茑萝女萝藤蔓长，攀援松树柏树上。未曾见到君子时，忧思满怀心难安；已经见到君子后，喜悦满怀心情好。

这是一首贵族宴请同姓兄弟和亲戚的诗歌。其中"茑"与"女萝"是两种植物，用来比喻赴宴者对贵族主人的攀附。《毛诗草木疏》《埤雅》《本草纲目》等都对这两种植物进行了考证，大体上可以判断出茑为桑寄生科植物，女萝为松萝科植物。前者是寄生植物，寄生于寄主树干、树枝或枝梢，远望之有如鸟巢；后者是附生植物，只是植物体基部固着在树木枝干上，自行进行光合作用，和着生的树木并没有发生营养关系，攀附高大的树干是为了吸收足够的阳光及空气中的水分。松萝常常攀附在松树、杉树上，因此得名"松上寄生"。

形态特征

生活型：枝状地衣。

株：地衣体丛枝状，悬垂型，长达15～50cm。

枝：枝体基部直径约3毫米，主枝粗3～4毫米，次生分枝整齐或不整齐，多回二叉分枝；枝圆柱形，少数末端稍扁平或棱角。

生长习性

松萝是地球上最古老的生物之一，喜阴凉湿润，有较强的耐寒性，并且对空气有严格的要求，无法在污染的大气环境中生存，因此也被称为"环境监测员"。

生长环境

松萝分布于我国东北及山西、内蒙古、陕西、甘肃、安徽、浙江、江西、福建、台湾等地。在丘陵或低山地区的溪谷阴湿处最易生长，喜欢附生于云杉、冷杉树上或高山岩石上，成悬垂条丝状。

用途

药用　全株可入药，具有清热化痰、止血解毒的功效。

饲用　是金丝猴越冬的主要食物。

生态　大气环境的指示物种。

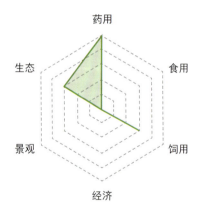

技 科技小贴士

研究发现神农架川金丝猴与松萝之间存在互惠关系。松萝一方面可作为川金丝猴（国家一级重点保护动物）的营养物质，另一方面还可能具有潜在调节川金丝猴肠道菌群的作用，可改善肠道菌群丰度；同时，川金丝猴对松萝等孢子植物具有传播作用。

植物中文名索引

A
艾

B
白桦
白头婆
白茅
萹蓄
播娘蒿

C
车前
柽柳
垂柳
莼菜

D
荻
冬葵

F
飞蓬

G
狗尾草
枸杞

H
旱柳
红蓼
狐尾藻

J
金鱼藻
锦葵
稷
苴草
蕨

L
狼尾草
藜
莲
蓼蓝
凌霄
萎蒿
芦苇

M
芒
牡蒿
木槿

水芹
水鳖
松萝
酸模

X
香蒲
荇菜

Q
茜草
青蒿
青杨

T
田字草
薹草

Y
羊蹄
野豌豆
野大豆
益母草
榆树
眼子菜

S
杉叶藻
芍药
石龙芮
绶草
粟
水葱
水蓼

W
乌蔹莓

Z
泽泻
苎麻
紫云英

植物名录

被子植物门 Angiospermae

蓼科 Polygonaceae
萹蓄 *Polygonum aviculare*
红蓼 *Persicaria orientalis*
蓼蓝 *Persicaria tinctoria*
水蓼 *Persicaria hydropiper*
酸模 *Rumex acetosa*
羊蹄 *Rumex japonicus*

十字花科 Cruciferae
播娘蒿 *Descurainia sophia*

锦葵科 Malvaceae
冬葵 *Malva verticillata*
锦葵 *Malva sinensis*
木槿 *Hibiscus syriacus*

禾本科 Gramineae
荩草 *Arthraxon hispidus*
稷 *Panicum miliaceum*
狗尾草 *Setaria viridis*
粟 *Setaria italica* var. *germanica*
荻 *Triarrhena sacchariflora*
白茅 *Imperata cylindrica*
狼尾草 *Pennisetum alopecuroides*
芒 *Miscanthus sinensis*
芦苇 *Phragmites australis*

菊科 Compositae
青蒿 *Artemisia carvifolia*
白头婆 *Eupatorium japonicum*
艾 *Artemisia argyi*
飞蓬 *Erigeron acris*
蒌蒿 *Artemisia selengensis*
牡蒿 *Artemisia japonica*

毛茛科 Ranunculaceae
芍药 *Paeonia lactiflora*
石龙芮 *Ranunculus sceleratus*

兰科 Orchidaceae
绶草 *Spiranthes sinensis*

唇形科 Labiatae
益母草 *Leonurus japonicus*

车前科 Plantaginaceae
车前属 Plantago
杉叶藻 Hippuris vulgaris

藜科 Chenopodiaceae
藜 Chenopodium album

豆科 Leguminosae
野豌豆 Vicia sepium
紫云英 Astragalus sinicus
野大豆 Glycine soja

伞形科 Umbelliferae
水芹 Oenanthe javanica

泽泻科 Alismataceae
泽泻 Alisma plantago

荨麻科 Urticaceae
苎麻 Boehmeria nivea

莎草科 Cyperaceae

水葱 Schoenoplectus tabernaemontani
薹草属 Carex

香蒲科 Typhaceae
香蒲 Typha orientalis

水鳖科 Hydrocharitaceae
水鳖 Hydrocharis dubia

金鱼藻科 Ceratophyllaceae
金鱼藻 Ceratophyllum demersum

小二仙草科 Haloragidaceae
狐尾藻 Myriophyllum verticillatum

眼子菜科 Potamogetonaceae
眼子菜 Potamogeton distinctus

茜草科 Rubiaceae
茜草 Rubia cordifolia

紫葳科 Bignoniaceae

凌霄 *Campsis grandiflora*

葡萄科 Vitaceae

乌蔹莓 *Causonis japonica*

睡菜科 Menyanthaceae

荇菜 *Nymphoides peltatum*

莲科 Nelumbonaceae

莲 *Nelumbo nucifera*

莼菜科 Cabombaceae

莼菜 *Brasenia schreberi*

桦木科 Betulaceae

白桦 *Betula platyphylla*

杨柳科 Salicaceae

垂柳 *Salix babylonica*
旱柳 *Salix matsudana*
青杨 *Populus cathayana*

柽柳科 Tamaricaceae

柽柳属 *Tamarix*

榆科 Ulmaceae

榆树 *Ulmus pumila*

茄科 Solanaceae

枸杞 *Lycium chinense*

蕨类植物门 Pteridophyta

蕨科 Pteridiaceae

蕨属 *Pteridium*

苹科 Marsileaceae

田字草 *Marsilea quadrifolia*

地衣门 Pteridophyta

松萝科

松萝 *Usnea diffracta*